BABYLON 5

Schwarze Träume

Buch

Das Jahr 2259. Elf Jahre, nachdem ein verheerender Krieg zwischen der Erde und der Minbari-Föderation um ein Haar eine Katastrophe von unvorstellbaren Ausmaßen heraufbeschworen hätte, unternehmen die Bewohner miteinander rivalisierender Sonnensysteme einen letzten verzweifelten Versuch, den intergalaktischen Frieden sicherzustellen: Auf *Babylon 5*, einer Raumstation von gigantischen Ausmaßen, sollen Repräsentanten von fünf mächtigen Föderationen und Imperien versuchen, ihre Auseinandersetzungen friedlich zu lösen. Für die Menschen stellt *Babylon 5* den Beginn ihres dritten Zeitalters dar – und zugleich die letzte Chance zu überleben ...

Bereits erschienen:

John Vornholt: Babylon 5 – Tödliche Gedanken (25013)
Lois Tilton: Babylon 5 – Im Kreuzfeuer (25014)
John Vornholt: Babylon 5 – Blutschwur (25015)
Neal Barrett Jr.: Babylon 5 – Schwarze Träume (25026)

Weitere Bände in Vorbereitung.

Neal Barrett Jr.

BABYLON 5

Schwarze Träume

ROMAN

Aus dem Amerikanischen
von Thorsten Dewi
und Susanne G. Menzel

GOLDMANN

Die amerikanische Originalausgabe erschien 1996 unter dem Titel
»Babylon 5 – The Touch of Your Shadow, the Whisper of Your Name«
bei Dell Publishing,
a division of Bantam Doubleday Publishing Group Inc., New York

Umwelthinweis:
Alle bedruckten Materialien dieses Taschenbuches
sind chlorfrei und umweltschonend.
Das Papier enthält Recycling-Anteile.

Der Goldmann Verlag
ist ein Unternehmen der Verlagsgruppe Bertelsmann

Genehmigte Taschenbuchausgabe 5/97
Der Roman Babylon 5 – Schwarze Träume basiert
auf der gleichnamigen Fernsehserie von J. Michael Straczynski,
produziert für Warner Bros. Television.
Lizenz durch Merchandising München

Umschlaggestaltung: Design Team, München
Umschlagmotiv: Warner Brothers
Satz: DTP-Service Apel, Hannover
Druck: Elsnerdruck, Berlin
Verlagsnummer: 25026
SN · Herstellung: Sebastian Strohmaier
Made in Germany
ISBN 3-442-25026-9

1 3 5 7 9 10 8 6 4 2

Für Bob Vardeman, Space Cadet,
und N. B., der dieses Buch möglich machte.

Anmerkung: Die Ereignisse in diesem Roman spielen in den ersten Monaten des Jahres 2260, unmittelbar vor der Serienepisode »A Day in the Strife«.

1

Nirgendwo ist es schöner als daheim. Michael Garibaldi hätte bei dem Gedanken beinahe laut aufgelacht. Aber, so seltsam sich das auch anhören mochte, es steckte doch ein Körnchen Wahrheit darin. Er vermißte *Babylon 5*, und er freute sich auf seine Rückkehr. Vor ihnen öffnete sich bedrohlich das Sprungtor des Euphrat-Sektors. Wie ein gewaltiges Monster mit stählernen Zähnen, das sein Maul aufreißt, wartete es geduldig darauf, Garibaldi mitsamt dem Transportschiff *Simak* zu verschlingen.

Das bedeutete das Ende wohlverdienter Ferien in einer friedfertigen Gegend und die Rückkehr an einen Ort, für den Ruhe und Frieden Fremdwörter waren. Selbst bei angestrengtem Nachdenken über seine Schichten als Sicherheitschef von *Babylon 5* konnte sich Garibaldi an keine zwanzig Minuten erinnern, in denen der Frieden nicht gefährdet gewesen wäre. Und stets hatte irgendeine Art von Unruhe seine Kreise gestört.

Und trotzdem freute er sich auf seine Rückkehr? *Garibaldi, du mußt den Verstand verloren haben,* tadelte er sich selbst. Aber, wer weiß, vielleicht war während seiner Abwesenheit ja alles anders geworden. Vielleicht erwarteten ihn zur Abwechslung wirklich Ruhe und Frieden.

»Fertig für die Heimreise, Mike?« fragte Bill Smollens, der Pilot der *Simak,* der neben Garibaldi saß. Smollens grinste. Ihm war klar, daß der bevorstehende Sprung in seiner Kiste nicht gerade der Höhepunkt des Tages für Garibaldi sein würde.

»Bereust du, daß ich dich mitgenommen habe?« erkundigte er sich scherzhaft.

»Eigentlich nicht«, antwortete Garibaldi düster und versuchte dabei, nicht nach draußen zu sehen. Die *Simak* näherte sich dem Stahlnetz des Sprungtores. »Und wenn ich dich daran erinnern darf, ich hab' mich nicht von dir *mitnehmen* lassen, du bezahlst Wettschulden. Oder hast du unsere kleine Sportwette schon vergessen?«

»Nein«, lachte Smollens,»aber ich arbeite dran.«

Der Antrieb der *Simak* heulte auf und katapultierte das Schiff in den Schlund des Sprungtores. Michael Garibaldi stöhnte und bemühte sich weiter, nicht hinzusehen. Er hatte vorübergehend verdrängt, was für ein Schrotthaufen Smollens' Schiff war, doch jetzt hielt er es für unwahrscheinlich, daß sie die andere Seite heil erreichen würden.

»Ist noch Zeit umzukehren?« fragte er mit einem Seufzen; Smollens quittierte dies nur mit einem Lachen.

Der Hyperraum tat sich auf, und er sah genauso aus, wie man ihn sich vorstellen mochte: Raum und Zeit auf Lichtgeschwindigkeit beschleunigt. Der tiefschwarze Abgrund des Sprungtores wich dem satten Rot des Hyperraums. Sie flogen durch rote Schlieren, bis plötzlich alles in Blau getaucht wurde und die *Simak* mit einer gewaltigen Energieentladung wieder in den normalen Raum geschleudert wurde. Garibaldi glaubte sich auf der wildesten Achterbahn des Universums – und an seiner Gondel waren ein paar Schrauben locker.

»Jaaaah!« jubelte Smollens, drehte sich um und schlug Garibaldi auf die Schulter. Im selben Moment kehrte Garibaldis Magen an seinen angestammten Platz zurück. »Epsilon-Sektor, hier sind wir. Meine alte Schüssel hat's wieder mal gepackt. Eine Schuld weniger, um die ich mich sorgen muß.«

»Das nächste Mal«, erklärte Garibaldi, »laß' ich mich von dir auszahlen.«

Smollens lachte wieder und schüttelte zufrieden den Kopf, dann steuerte er die *Simak* auf dem kürzesten Weg nach *Babylon 5*.

Und schließlich waren sie daheim.

Garibaldi empfand fast so etwas wie Stolz. Ein seltsames Gefühl angesichts dieses Ortes. Garibaldi war bereits weit herumgekommen, ehe er nach *Babylon 5* versetzt worden war. Er war unter anderem Shuttle-Pilot sowie Sicherheitschef in einer Minenkolonie gewesen. Er hatte fast das Gefühl, als gehöre ihm *Babylon 5*. So hatte er noch nie für einen Platz in der Welt empfunden. Vielleicht lag das daran, daß ihm hier zum erstenmal keine Knüppel zwischen die Beine geworfen wurden, sobald alles nach Plan zu laufen schien. Er war früher immer wieder auf Hindernisse gestoßen. Jedesmal, wenn er sein Leben im Griff hatte, schien irgend jemand zu glauben, es wäre an der Zeit, Sand in sein Getriebe zu streuen. Garibaldi beklagte sich nicht. Er hielt nur ständig die Augen offen, für den Fall, daß jemand Sand in seine Richtung warf.

Während die *Simak* von den Greifern zur Andockbucht acht transportiert wurde, wandte sich Smollens grinsend zu Garibaldi um.

»He, Mike, darf ich dich zu 'nem Drink einladen? Ich kann's kaum erwarten, in den Sektor BRAUN zu kommen. Ich hab' da 'ne Kleinigkeit zu erledigen ...«

Garibaldi schüttelte den Kopf. »Nein, Tom. Tut mir leid, aber sobald ich aus diesem Wrack, das du dein Schiff nennst, raus bin, fängt mein Dienst an. Ein anderes Mal vielleicht.«

Mit einem dumpfen Knall kam die *Simak* zur Ruhe. Smollens löste bereits in freudiger Erwartung seiner bevorstehenden Freiwache den Sicherheitsgurt.

»Also, Mike, man sieht sich«, rief er.

»Nicht, wenn ich dich zuerst entdecke«, entgegnete Garibaldi.

Smollens lachte abermals und verschwand. Garibaldi blieben nur noch ein paar friedliche und ruhige Minuten. Vielleicht, dachte er sich, würde diesmal tatsächlich alles friedlich bleiben, wenn er seinen Dienst antrat.

Irgendein Mitglied des Psi-Corps mußte seine Gedanken gelesen haben, denn just in diesem Moment piepste sein Com-Link. Eine Woche lang war es stumm geblieben, während er sich von den Strahlen einer Zwillingssonne hatte wärmen lassen und nichts gehört hatte außer dem Rauschen der Brandung an einem Strand im Euphrat-Sektor. Jetzt drang die Stimme eines aufgeregten Fähnrichs an sein Ohr: »Chief Garibaldi, bitte melden Sie sich in Sektor BRAUN.«

2

Einen Moment lang glaubte Garibaldi, Tom Smollens hätte es bereits geschafft, in Schwierigkeiten zu geraten. Aber das war unmöglich. Smollens hatte das Schiff nur ein paar Minuten vor ihm verlassen. Doch er lief dem nunmehr verärgerten Frachterpiloten wenig später erneut über den Weg. Er befand sich unter ein paar Leuten, die ungeduldig vor einem bewachten Aufzugschacht auf und ab liefen.

»Mike«, begrüßte er Garibaldi, als dieser sich ihm näherte, »die wollen niemanden nach BRAUN runterlassen!«

Garibaldi löste sich von Smollens und erklärte: »Ich schau' mal, was da los ist. Du kannst dir ja inzwischen dein Quartier ansehen.«

»Klar, Mike«, erwiderte Smollens. Ihm war klar, daß Garibaldi jetzt wieder im Dienst war, und er wollte sich nicht aufdrängen. »Bis später vielleicht.«

Garibaldi nickte abwesend. Er hatte seine Aufmerksamkeit bereits von dem Frachterpiloten abgewandt und sprach jetzt den weiblichen Sicherheitsoffizier an, der den Aufzugschacht bewachte.

»Was ist los, Pearley?«

Pearley schüttelte den Kopf. »Keine Ahnung, Chief. Ich weiß nur, daß die Typen vom KONSORTIUM LEBENDIGES ESSEN irgendwie nach da unten gelangt sind, und jetzt geht es ganz schön rund.«

»Die Typen vom *was*?«

»KONSORTIUM LEBENDIGES ESSEN«, wiederholte Pearley. »Oh, tut mir leid. Ich hatte vergessen, daß Sie nicht da waren.«

»Was zum –«, setzte Garibaldi an, da stieß ein weiterer Offizier zu ihnen. »Auf dem trinokularischen Film-Fest ist eine Schlägerei ausgebrochen. Und die verrückten Anhänger von LEBEN IM WANDEL randalieren wieder in der Haupthalle.«

»Verdammt.« fluchte Pearley. »Soll ich in die Haupthalle gehen oder mich um das hier kümmern?« fragte sie Garibaldi. »Die von LEBEN IM WANDEL sind am schlimmsten. Wenn unsere Leute da drüben keine Unterstützung kriegen, könnte ganz schön was in die Brüche gehen.«

»Leben im *was*?« wollte Garibaldi wissen.

»Im Wandel.« Pearley machte ein Gesicht, als wollte sie jeden Augenblick an die Decke gehen. Ebenso der andere Offizier. »Was sollen wir tun, Chief?«

Garibaldi ließ sich von seinen Leuten nicht länger aus dem Konzept bringen. »Pearley, Sie bleiben hier, und Sie, Rupnick, gehen zu diesem trinokularischen Dingsbums. Holen Sie sich Unterstützung. Um die Haupthalle kümmere ich mich selbst.«

Zu seinem Entsetzen bemerkte Garibaldi, daß die beiden erleichtert wirkten.

»Sind diese LEBEN-Typen wirklich so übel?« fragte er.

Pearley antwortete mit einem mitfühlenden Nicken.

»Die sind am schlimmsten«, versicherte sie.

»Na, toll«, sagte Garibaldi und machte sich auf den Weg zur Haupthalle.

Soviel also zum Thema Frieden. Und Ruhe.

Garibaldi hatte schon viele Tumulte erlebt, aber das hier war mit nichts zu vergleichen. Ehe er noch die Haupthalle erreicht hatte, hörte er bereits das Geschrei.

»ANOMALISTEN raus!« skandierte jemand, und ein paar andere Stimmen fielen ein.

»ANOMALISTEN *raus!*«

Ein anderer Sprechchor stand dem an Lautstärke in nichts nach. Unzählige Stimmen wiederholten unbeeindruckt immer wieder wie ein Mantra die Worte: »Du bist ein Unfall. Du bist wider die Natur. Du bist ein Zufallsprodukt.«

Garibaldi packte einen Zivilisten am Arm, der die Halle gerade verlassen wollte, und fragte: »Was ist denn da los?«

»Die sind verrückt«, antwortete der Mann, ein kleiner Kerl mit dem Bartschmuck der COMBARI-VERNUNFT-SEKTE. »Die glauben, wir hätten alle keine Existenzberechtigung.«

»Wer sind *die*?« hakte Garibaldi nach.

»Die ANOMALISTEN. Die glauben, das Leben wäre nur ein Irrtum der Natur, ein Fehler, eine kosmische Nutzlosigkeit. Sie halten die Wahrscheinlichkeit für Leben im Universum für so gering, daß wir alle nur Mißgeburten sein können.« Das Gesicht des Mannes lief vor Zorn rot an. »Und für GOTT ist kein Platz in deren Universum.«

»Oh-oh«, murmelte Garibaldi und ließ den Mann ziehen. Jetzt erst wurde ihm klar, gegen was er da anzugehen hatte. Einen Glaubenskrieg zu schlichten gehörte zu seinen schwierigsten Aufgaben. Über sein Com-Link nahm er Verbindung zur Sicherheitszentrale auf. »Ich bin in der Haupthalle. Schickt mir sofort Verstärkung«, befahl er.

»Schon unterwegs, Chief«, kam die Antwort.

Er atmete tief durch, verbannte alle Erinnerungen an seinen Urlaub sowie die Hoffnungen auf ein ruhiges und friedliches *Babylon 5* aus seinen Gedanken und bahnte sich einen Weg in die Haupthalle.

Im Zentrum der Halle stieß er auf eine bescheidene Barrikade aus Möbeln. Die ANOMALISTEN waren dahinter in Stellung gegangen. Sie waren wirklich mit Abstand die komischsten Gestalten, die Garibaldi je unter die Augen gekommen waren. Obwohl vollständig bedeckt, trugen sie keine richtigen Kleider. Garibaldi schien ihre Garderobe aus einer Kombination aus Schieferplatten und Erzbatzen sowie Kohle-, Silber- und Kupferstücken zu bestehen. Die sichtbaren Körperteile waren von einer Schicht aus Dreck und einer Art getrocknetem Schlamm überzogen. Ihre Gesichter und ihre kahlen Schädel hatten sie mit einem körnigen Brei eingerieben.

Bin ich froh, daß ich denen nicht die Reinigung bezahlen muß, schoß es Garibaldi durch den Kopf.

Um die Barrikade hatten sich Angehörige der verschiedensten Glaubensrichtungen versammelt. Bemüht, sich gegenseitig zu übertönen, begleitete sie der Ruf: »ANOMALISTEN raus!« Über all dem vernahm man den gebetsmühlenhaften Singsang der ANOMALISTEN. »Du bist ein Unfall. Du bist wider die Natur. Du bist ein Zufallsprodukt.«

Während Garibaldi in diesen Strudel eintauchte, sah er mit Erleichterung, daß seine Verstärkung im Anmarsch war. Eine Einheit seiner Sicherheitsleute bildete am Rand des Auflaufs eine Kette und kreiste die Unruhestifter ein.

»In Ordnung, Leute«, brüllte Garibaldi, so laut er konnte, »es wird Zeit, daß wir die kleine Feier hier beenden!«

Niemand beachtete ihn, bis er hinzufügte: »Jeder, der in drei Minuten nicht verschwunden ist, wird verhaftet.«

Das rhythmische Mantra der ANOMALISTEN verstummte augenblicklich, und mit der Unterstützung von Garibaldis Leuten zerstreute sich die Menge. Nur ein einzelner Narn, der seine Wut kaum im Zaume zu halten vermochte, schüttelte seine Faust vor Garibaldis Gesicht. »Eine Unverschämtheit!« schrie er. »Diese ANOMALISTEN sollte man in die nächste Wiederaufbereitungsanlage werfen. Es ist nicht zu fassen. Die wagen es, uns Narn als Mißgeburten zu bezeichnen.« Vor sich hin schimpfend, zog der Narn endlich weiter. Garibaldi dachte wehmütig an alte Zeiten.

Nun mußten sie nur noch der ANOMALISTEN Herr werden. Garibaldi näherte sich der Barrikade. Zwei seiner Sicherheitsleute hatten sie bereits soweit abgetragen, daß ein Durchgang entstanden war. Garibaldi schob sich hindurch und fragte: »Wer hat hier das Sagen?«

Aber die übrigen rezitierten bereits wieder ihr Mantra. »Du bist ein Unfall. Du bist wider die Natur. Du bist ein Zufallsprodukt . . .«

»He!« rief Garibaldi. »Ich erwarte, daß man mir zuhört. Was ich vorhin gesagt habe, gilt auch für euch. Also, wer hat hier das Sagen?«

Der Singsang ging weiter, allerdings etwas verhaltener. Eine Stimme – welcher der ANOMALISTEN sprach, war nicht festzustellen – ließ sich vernehmen: »Hier hat niemand das *Sagen.* Nur das Universum. Wir Lebensformen sind Anomalien. Wir dürften gar nicht existieren. Es gibt keinen Grund zur Freude.«

»Würdet ihr vielleicht lieber in einer Gefängniszelle weitermachen?« fragte Garibaldi.

Die ANOMALISTEN wurden noch etwas leiser.

»Wir wollten nicht, daß es zu Krawallen kommt.«

»Alles klar«, schnaubte ein Fähnrich hinter Garibaldi. »Das ist jetzt der fünfte Krawall in drei Tagen, den diese Typen ausgelöst haben.«

Garibaldi brachte seinen Sicherheitsoffizier mit einem Blick zum Schweigen und wandte sich wieder den ANOMALISTEN zu. »Also?«

»Wir existieren bloß«, erklärte eine Stimme aus der Gruppe. »Es gibt keinen vernünftigen Grund für unsere Existenz, also haben wir keine Rechte. Sie können mit uns machen, was Sie wollen.«

Garibaldi hatte gute Lust, es aufzugeben.

»Wo habt ihr euch versammelt?« fragte er schließlich.

»Im Konferenzraum D.«

»Kehrt dorthin zurück. Und bleibt dort.«

»Wie Sie wünschen.«

Gemeinsam machten sich die ANOMALISTEN auf den Weg in Richtung Konferenzraum D. Sie sangen jetzt wieder lauter.

»Die kommen wieder«, bemerkte derselbe Fähnrich. »Die bleiben eine Zeitlang im Konferenzraum, dann kommen sie wieder und machen Ärger. Man hat das Gefühl, die wissen gar nicht, was sie anrichten.«

»Vielleicht wissen sie es wirklich nicht«, entgegnete Garibaldi. »Aber wir können etwas unternehmen, um sie da drin zu halten. Stellen Sie zwei Wachen vor der Tür zum Konferenzraum auf, und lassen Sie keinen mehr raus. Vielleicht kriegen wir so das Problem in den Griff. Da diese Typen glauben, sie hätten keine Existenzberechtigung, dürften sie sich eigentlich nicht dagegen wehren.«

Der Fähnrich nickte. »Wie war der Urlaub, Chief?«

»Welcher Urlaub?« seufzte Garibaldi. »Ich kann mich schon gar nicht mehr daran erinnern, überhaupt weg gewesen zu sein.«

Im selben Augenblick piepste sein Com-Link.

»Garibaldi.«

»Hier spricht Sheridan. Bitte melden Sie sich umgehend im Besprechungsraum. Wir stecken bis über beide Ohren in Schwierigkeiten.«

»Ich komme sofort«, antwortete Garibaldi. Dann wandte er sich noch einmal dem Fähnrich zu. »Kümmern Sie sich um Pearley und Rupnick. Denen habe ich die beiden anderen Krawalle überlassen. Stellen Sie sicher, daß sie genügend Leute haben. Falls nicht, schicken Sie ihnen Verstärkung.«

»In Ordnung, Chief.«

Garibaldi verdrehte die Augen und schlug den Weg zum Besprechungsraum ein. »Als wäre ich nie fort gewesen . . .«, murmelte er vor sich hin.

3

Captain Sheridan wartete allein im Besprechungsraum. Garibaldi hatte ihn noch nie so besorgt gesehen.

»Entschuldigen Sie, daß ich Ihren Urlaub so abrupt beenden mußte, Chief«, begrüßte er Garibaldi und bedeutete ihm, Platz zu nehmen, »aber wir haben im Moment alle Hände voll zu tun. Mir fehlt die Zeit für Höflichkeitsfloskeln. Sobald Commander Ivanova hier ist, müssen wir uns einen Plan überlegen, um diese heikle Situation in den Griff zu bekommen.«

»Sie meinen die religiösen Fanatiker?« wollte Garibaldi wissen. »Das schaffen wir mit links. Die brauchen wir bloß alle in ihren Quartieren einzusperren, und die Sache ist erledigt.«

Garibaldi war einigermaßen überrascht, als es ihm nicht gelang, Sheridan mit seiner sorglosen Art aufzumuntern.

»*Das* ist nicht unser größtes Problem, Chief«, erklärte der Captain.

»Was –«, wollte Garibaldi gerade fragen, als sich die Tür öffnete. Herein kam Commander Susan Ivanova.

»Vielen Dank, daß Sie gekommen sind, Commander«, begrüßte sie Sheridan. »Setzen Sie sich, bitte.«

Sie sah genauso besorgt aus wie Sheridan. Nachdem sie Garibaldi zur Begrüßung einen Blick zugeworfen hatte, setzte sie sich neben ihn und wandte ihre Aufmerksamkeit dem Captain zu.

Sheridan holte tief Luft.

»Wie Mr. Garibaldi bereits festgestellt hat, ist die Lage hier auf *Babylon 5* im Moment sehr ... unruhig. Es finden mehrere Konferenzen gleichzeitig statt, und einige Konferenzteilnehmer sind mit gegnerischen Gruppierungen aneinandergeraten. Wie Sie wissen, erleben wir so etwas nicht zum erstenmal. Bisher sind wir mit solchen Situationen immer ziemlich leicht fertig geworden. Aber diesmal sieht es aus irgendeinem Grund nicht so einfach aus. Wir dachten zuerst, es würde an den Ansichten dieser neuen Gruppierungen liegen.« Die Türe öffnete sich erneut und Dr. Franklin trat ein, der Chefarzt der Station.

»Entschuldigen Sie meine Verspätung«, begann Dr. Franklin und setzte sich. »Es hat etwas länger als erwartet gedauert, die Kopfverletzungen dieses Narn zu verarzten.«

»Sie kommen genau richtig, Doktor. Wie gesagt«, fuhr der Captain fort, »wir hatten zunächst angenommen, daß es wegen der Ansichten dieser neuen Gruppierungen zu so vielen Zwischenfällen gekommen ist. Das scheint aber nicht der Fall zu sein. Anscheinend haben eine Menge Leute hier auf der Station plötzlich Alpträume.«

»Alpträume?« wiederholte Garibaldi.

»Schreckliche Alpträume. Verwirrend und äußerst wirklichkeitsnah. Leider ist es uns nicht gelungen, die Ursache für diese Alpträume zu finden.«

»Haben Sie ans Essen gedacht?« scherzte Garibaldi. Zu seiner Erleichterung zeigte der Captain diesmal den Anflug eines Lächelns.

»Ja, wir haben ans Essen gedacht«, nickte Dr. Franklin, »und an die Luftversorgung. Wir haben die Sauerstoff-Generatoren überprüft und die Methan-Generatoren im Alien-Sektor. Wir haben alles auf Viren und Bakterien gecheckt. Die gesamten Nahrungsvorräte wurden auf Giftstoffe untersucht. Das war sogar unser erster Gedanke. Schließlich sollen Lebensmittelvergiftungen schon häufiger Halluzinationen verursacht haben. In der medizinischen Datenbank haben wir einen Bericht über ein französisches Dorf gefunden. Dort verloren sämtliche Einwohner den Verstand, nachdem ihr Brot mit einem Halluzinogen namens LSD versetzt worden war. Aber hier haben wir es mit etwas völlig anderem zu tun. Die Leute leiden nachts unter

Alpträumen. Tagsüber sind sie angespannt, nervös, aggressiv. Viele neigen zu Depressionen. Stims richten nichts aus. Sie halten die Leute nur wach – aber auf Dauer ist das keine Lösung. Nicht alle auf der Station leiden gleichermaßen an diesen Symptomen. Aber die Beschwerden werden anscheinend immer schlimmer. Und es ist uns nicht gelungen, die Ursache dafür auf *Babylon 5* zu finden.«

»Wollen Sie damit etwa andeuten, daß die Ursache außerhalb der Station zu suchen ist?« fragte Garibaldi.

Commander Ivanova meldete sich zu Wort. »Wir wissen es nicht.«

»Ich verstehe«, sagte Garibaldi. »Wir haben also wirklich ein Problem.«

»Wie gesagt, Chief«, erklärte Captain Sheridan, »es tut mir leid für Sie, daß Ihr Urlaub zu Ende ist, aber eine Menge Arbeit steht uns bevor. Wir müssen die Ursache für diese Alpträume finden, ehe sie noch schlimmer werden und die Ordnung auf der Station ernsthaft gefährden. Irgendwelche Vorschläge?«

»Zunächst einmal«, begann Garibaldi, »sollten wir meine Idee in die Tat umsetzen und diese Fanatiker in ihre Versammlungsräume sperren. Wenn wir sie auseinanderhalten, können *sie* uns keinen Ärger mehr machen, oder?«

Sheridan rieb sich das Kinn. »Gute Idee. Vielleicht müssen wir ein paar diplomatische Hürden überwinden, eher wir das tun können. Botschafter G'Kar und Botschafterin Delenn haben sich bereits beschwert. Und ich will nicht, daß sich die Angelegenheit zu einem diplomatischen Zwischenfall zuspitzt. Aber wir können die Bewegungsfreiheit der Konferenzteilnehmer so weit wie möglich einschränken. Schließlich sind wir für die Sicherheit der Station verantwortlich. Chief, darum werden Sie sich kümmern.«

»Betrachten Sie die Sache als erledigt«, versprach Garibaldi.

»Unser Hauptproblem«, betonte Sheridan, »ist, daß *Babylon 5* von irgend etwas angegriffen wird und wir nicht wissen, was es ist. Ehe wir die Ursache für diese Alpträume nicht gefunden haben, und ehe wir nicht wissen, in welcher Gefahr wir schweben, müssen wir annehmen, daß wir es mit einem Feind zu tun haben. Wir müssen also alle auf der Hut sein. Das gilt für alle Abteilungen. Verstanden?«

Alle am Tisch nickten.

»Gut. Ich nehme an, Sie drei werden mich über alles auf dem laufenden halten, das etwas mit dieser Frage zu tun haben könnte. Anders gesagt, ich will über alles unterrichtet werden – absolut alles –, das uns helfen könnte, dieses Rätsel zu lösen. Und zwar unverzüglich, zu jeder Tages- und Nachtzeit.«

Die anderen nickten abermals.

»Damit ist unsere Besprechung beendet«, erklärte Sheridan.

Er blieb sitzen. Garibaldi erhob sich gemeinsam mit den beiden anderen, ließ sie jedoch den Raum zuerst verlassen. Er blieb in der Tür stehen und drehte sich noch einmal zu Captain Sheridan um.

»Sir?«

Sheridan hob seinen müden Blick.

»Hatten *Sie* Alpträume?«

Der Captain zögerte kurz, ehe er antwortete: »Ja, Garibaldi, ich hatte auch welche.«

4

Da war etwas. Martina Coles erschien es wie ein Flüstern, das sich in ihr Bewußtsein schlich. Keine Stimme, vielmehr das Echo einer Stimme – oder das Rauschen der Brandung an einem fernen Strand. Sie hörte es und hörte es doch nicht.

Irgend etwas ...

Was es auch sein mochte, etwas Ähnliches hatte sie noch nie zuvor gehört. Nicht in all den Jahren als Mitglied des Psi-Corps.

Als Mädchen hatte sie eines Tages beim Spielen hinter dem Haus die Gedanken ihres kleinen Bruders *lesen* können. Dann hatte das Corps ihre Begabung bei einer Routineuntersuchung entdeckt. Im Alter von acht Jahren hatte sie ihre Eltern verlassen müssen. Von diesem Tag an hatte sie das Corps unter seine alles bedeckenden Fittiche genommen. Aber in den langen Jahren der Schulung und der Praxis hatte sie so etwas nie gehört. Keine Stimme wie diese.

Irgend etwas ...

Sie spürte es, seit sie vor drei Tagen auf *Babylon 5* angekommen war. Zuerst hatte sie es für ein Betriebsgeräusch der Station gehalten – einen Ton im Ultraschallbereich. Aber das war es nicht.

Irgend etwas ...

Martina Coles bebte vor Angst.

Tief unten im Alien-Sektor der Station stand Botschafter Kosh in seinem Quartier und meditierte. Die künstlich hergestellte, neblige Atmosphäre seines Heimatplaneten umgab seinen geöffneten Schutzanzug. Er war froh, sich auch nur teilweise von dem hinderlichen Anzug mit seinen breiten Schulterteilen und langen Schleppen befreien zu können. Vor den anderen Bewohnern der Station konnte er sich nur in dieser Verkleidung zeigen, um seine wahre Gestalt zu verbergen. Es war ein herrliches Gefühl, endlich wieder die Luft außerhalb des Anzuges atmen zu können.

Trotzdem stand nicht alles zum besten.

Irgend etwas drängte sich in seine eigentümlichen Gedanken. Er fühlte sich nicht wohler als ein Mensch in der Luft von Koshs Heimatwelt.

Irgend etwas verstörte Koshs sonderbares Wesen zutiefst.

Delenn erwachte und stellte entsetzt fest, daß sie eine Waffe in der Hand hielt, einen Krummsäbel.

Einen Moment lang starrte sie die Waffe verdutzt an, als wäre sie ein Meteorit, der aus heiterem Himmel in ihre Hand gefallen war, oder ein ekelerregender Pilz, der ihr entwachsen war. Ein Mitglied des Grauen Rates, eine Botschafterin, durfte auf keinen Fall eine Waffe benutzen. Das war ...

»Verteidige dich oder stirb!«

Harte Worte, die so gar nicht zu dem passen wollen, der sie gesprochen hatte. Delenn blickte von der Waffe in ihrer Hand auf und sah Captain Sheridan auf sich zukommen. Seine Augen funkelten zornig, als er sie mit seinem Säbel attackierte.

»Captain, ich ...«

»Ich sagte, verteidige dich oder stirb!«

Sheridan preßte die Lippen zusammen und stürzte sich auf sie. Er hieb mit seinem Krummsäbel auf sie ein und zwang sie so, seinen Angriff zu parieren.

»Captain, ich beschwöre Sie ...«

Sheridan versuchte weiter, sie zu verletzen. Auch diesmal gelang es ihr, seinen Hieb mit ihrer eigenen Waffe abzuwehren, die sie mit beiden Händen umklammert hielt. Sie musterte Sheridans Gesicht, in der Hoffnung, dort einen Funken Verstand zu entdecken – vergebens.

»Captain, warum tun Sie das?«

»Wissen Sie es noch nicht, Botschafterin?« fuhr er sie an. »Wir haben wieder Krieg. Die Menschen und die Minbari. Und diesmal ist es ein Kampf auf Leben und Tod.«

Grollend, schlagend stürmte er auf sie ein. Er traf zwar nur ihre Klinge, doch drängte er sie immer weiter zurück.

»Captain, lassen Sie uns darüber reden ...«

»Genug geredet. Wir haben jahrelang geredet und doch nichts erreicht. Hier ist nicht genug Platz für unser beider Völker. Und wenn es nach mir geht, werden wir Sie und Ihresgleichen auslöschen.«

Es folgten zwei mächtige Hiebe. Der zweite streckte Botschafterin Delenn zu Boden.

»*Captain,* ich dachte ...«, keuchte sie.

Sheridan beugte sich bedrohlich über sie. »*Was* haben Sie gedacht? Daß wir Freunde sind? Daß wir etwas füreinander empfinden? Haben Sie mich nicht gehört, Delenn. Ich habe gesagt, wir sind im Krieg.«

Delenn sah, wie die scharfe Klinge seines Krummsäbels auf sie hinabsauste. Sie wußte, daß sie sich nicht mehr wehren konnte, als sich die Waffe in ihren Leib bohrte.

G'Kar würde ein Held sein.

Ein Held, im Frieden wie im Krieg – so sah er sich selbst. Er würde mit Geschenken überhäuft werden. Im Triumphzug würde er an den Narn vorbeiziehen. Stolz und aufrecht würde er vor ihnen stehen, vielleicht auf einem Streitwagen, gezogen von zwei Centauri-Sklaven. Und einer von ihnen würde Londo Mollari sein.

Ja. So würde es sein.

Aber zuerst ...

»G'Kar, wir nähern uns den Centauri-Schiffen«, erstattete ihm sein Erster Offizier Meldung.

»Gut«, antwortete er zufrieden. »Bald werden sie die Entschlossenheit der Narn in aller Härte zu spüren bekommen. Schalten Sie die Zielvorrichtung ein.«

»Zielvorrichtung eingeschaltet«, kam die Bestätigung.

»Feuern Sie, sobald Sie bereit sind«, befahl er. G'Kar probte seine stolze Siegerpose, während er voller Vorfreude darauf wartete, daß die Waffen abgefeuert wurden. Er konnte sie schon beinahe hören. Bald würden ihre Energieentladungen durch den leeren Raum schießen und die sich nähernden Centauri-Schiffe treffen.

Aber nichts geschah.

»Ich hatte Ihnen doch befohlen zu feuern«, schäumte er, bemüht, seine aufrechte Pose zu wahren.

Noch immer geschah nichts.

»Unsere Waffensysteme sind wie eingefroren«, berichtete sein Erster Offizier. »Die Centauri tasten uns mit irgend etwas ab. Sie müssen eine neue Technik entwickelt haben, die unsere Waffen blockiert.«

G'Kar vergaß seine ansehnliche Haltung und beugte sich verzweifelt über die Konsole.

»Dann umgehen Sie diese Blockade, Sie Stümper.«

»Ich ... kann es nicht.«

Im selben Augenblick erschütterte ein mächtiges Grollen das Schiff. Die immer näher kommende Flotte der Centauri feuerte aus allen Rohren. Sie waren wehrlos.

»Ein Funkspruch von den Centauri.«

Ohne daß G'Kar den Befehl erteilt hatte, die Botschaft auf den Schirm zu geben, füllte diesen jetzt das Gesicht von Londo Mollari.

»Ah. G'Kar«, sagte er zu Begrüßung.

»Das ist eine Unverschämtheit!« brüllte G'Kar aufgebracht. »Wir werden Sie vernichten!«

»Das kann ich mir nicht vorstellen«, entgegnete Londo. Der Fächer seines Haarkranzes schien größer, und er sah einem eitlen irdischen Pfau noch ähnlicher als gewöhnlich. »Ich habe im Gegenteil etwas Besonderes mit *Ihnen* vor.«

»Unsere Waffensysteme sind ausgefallen!« rief G'Kars Erster Offizier. »Wir sind völlig wehrlos.«

Londo, auf dem Hauptschirm, lachte, als er ein Halsband samt Leine hochhielt. »Das hier habe ich extra für Sie mitgebracht, G'Kar.«

Garibaldi öffnete den Mund und wollte etwas sagen, aber er blieb stumm. Er saß im Pilotensessel eines Shuttles, irgendwo im Weltall.

Die dringende Frage nach seinem Aufenthaltsort lag ihm auf

der Zunge, als ihm die Antwort einfiel. Ein Geräusch drang an sein Ohr; er stellte fest, daß er die Sprache wiedergefunden hatte. Hinter sich hörte er eine Stimme. Er drehte sich um und sah Susan Ivanova.

»Sind wir schon da?« fragte sie und legte ihm die Hand auf die Schulter.

»Ich ... glaube schon«, antwortete er.

Ivanova lachte. »Wo bleiben denn Ihre üblichen schlauen Sprüche? Sie machen sich doch nicht etwa Sorgen?«

»Natürlich nicht«, erwiderte er rasch. Er lachte gezwungen und fügte hinzu: »Ich und mir Sorgen machen.«

Vor ihm tauchte plötzlich ein bedrohlich großer Planet auf, eingehüllt in trübe, wirbelnde orangefarbene Wolken. Sie unterlagen bereits seiner Anziehungskraft. Garibaldi spürte, wie das Shuttle langsam aber unausweichlich in die Atmosphäre des Planeten gezogen wurde.

»Ist unser Anflugwinkel nicht ein bißchen zu steil?« wollte Ivanova wissen. Jetzt klang sie ihrerseits besorgt.

»Es scheint ... daß mir gar keine andere Wahl bleibt«, antwortete er. Ihm war gerade bewußt geworden, daß er fast keine Kontrolle mehr über das Shuttle hatte.

Sie drangen jetzt in die oberen Schichten der orangefarbenen Wolken ein.

»Hm, ... das Zeug ist wohl aus Gummi«, bemerkte Garibaldi und versuchte vergebens, die Gewalt über das Shuttle zurückzugewinnen.

»Michael, wissen Sie eigentlich, was Sie tun?« fragte Ivanova und griff ihm ins Steuer.

»Klar weiß ich das«, gab er zurück. Aber plötzlich stand ihm der Schweiß auf der Stirn. Er war sich nicht mehr sicher, ob er das Fluggerät noch zu lenken vermochte, zweifelte aber daran ...

Die Wolken lichteten sich vor ihnen und gaben den Blick auf die sattgelbe Landschaft frei, die sich unter ihnen ausbreitete.

Braune Flecken – vermutlich die hiesige Vegetation – lockerten das schier endlose Gelb ein wenig auf.

»Lassen Sie mich das machen«, drängte Ivanova und versuchte, ihm das Steuer ganz aus der Hand zu nehmen. Aber da faßte er sich ein Herz und stieß sie zur Seite.

»Ich schaff' das schon, verdammt.«

Er hielt die Steuerung mit beiden Händen fest umklammert und starrte auf die gelbe Landschaft, die ihnen entgegenzustürzen schien. Wie ein riesiges Tischtuch breitete sich ein flaches, sandiges Tal unter ihnen aus. Es war, als wollte es Garibaldi dazu einladen, abzubremsen und hier zu landen.

Die Steuerung gab endlich nach, und er zog die Nase des Shuttles nach oben.

»Wir schaffen es«, keuchte er.

Dann blitzte unter ihnen etwas auf – und noch einmal. Garibaldi entdeckte die Geschützstände, als sich die Flugbahn des Shuttles mit einem Mal wieder abwärts neigte. Gleich würde es sich in den Sand bohren.

»Nein!« schrie er.

Schweißgebadet fuhr Garibaldi in seinem Bett hoch.

Es dauerte ein wenig, bis ihm aufging, wo er sich befand. Dann registrierte er das Piepsen des Com-Link.

Er bekam kaum noch Luft. Bevor er sich melden konnte, mußte er sich den Schweiß von der Stirn wischen.

»Hier Garibaldi«, keuchte er tonlos.

Es folgte eine kurze Pause, bevor er Susan Ivanova am anderen Ende hörte. »Geht es Ihnen gut, Garibaldi?«

Ein Schauer lief ihm über den Rücken, als er ihre Stimme vernahm. »Könnte mir gar nicht bessergehen«, brachte er mühsam heraus.

»Hoffentlich«, sagte Ivanova, »wir haben nämlich schon genug Schwierigkeiten. Unter anderem in der Sicherheitszentrale. In fünfzehn Minuten treffen wir uns im Besprechungszimmer.«

»Ich werde dort sein«, versprach Garibaldi.

»In Ordnung«, bestätigte Ivanova und beendete die Verbindung.

Garibaldi starrte sein Com-Link an.

Was für Schwierigkeiten das auch sein mögen, nichts könnte schlimmer sein als das, was ich gerade durchgemacht habe, dachte er.

5

Garibaldi kam sich vor wie im Reich der Untoten.

Niemand auf *Babylon 5* schien noch zu schlafen. Auf allen Gängen drängten sich die Schlaflosen mit ihren verstörten Gesichtern. Garibaldi sah zwei Raufereien, die bereits im Gang waren, und zwei kurz vor dem Ausbruch. Kein Zweifel, es lag Ärger in der Luft – und Garibaldi wußte, wenn Ärger in der Luft lag, ließ die große Katastrophe nicht lange auf sich warten.

Garibaldi ging auf dem kürzesten Weg zur Sicherheitszentrale. Er hoffte, dort eine Oase der Professionalität und Gelassenheit vorzufinden. Aber er fand dort bloß zwei seiner Offiziere, die in einen Streit verwickelt waren. Martin und Kristian lagen sich darüber in den Haaren, wer von beiden *einen* freien Arbeitsplatz besetzen würde. Garibaldi erwartete, daß sie sofort aufhören würden, sobald er auf der Bildfläche erschien – aber weit gefehlt. Sie stritten nur noch heftiger.

»Also gut. Das reicht jetzt!« zürnte Garibaldi. Die beiden Männer hielten inne, drehten sich zu ihm um und, kaum zu glauben, setzten ihren Disput lautstark fort.

»Ich habe meinen Dienst pünktlich angetreten.«

»Und ich habe dir gesagt, daß ich Überstunden mache, damit ich ein bißchen Extrageld nach Hause schicken kann.«

»Und ich –«

Garibaldi trat vor, packte mit jeder Hand einen der beiden Streithähne und drehte ihre Gesichter einander zu. Er ging auf Tuchfühlung und brüllte: »Jetzt leiht mir mal euer Ohr. Ihr habt zwei Möglichkeiten. Entweder ihr hört jetzt mit diesem Quatsch auf, oder ihr landet beide in einer Arrestzelle. Klar?«

Die beiden Offiziere murmelten kaum wahrnehmbar: »Klar, Chief.«

»Fein.«

Garibaldi ließ die beiden los und wandte sich von ihnen ab, nur um zu gewärtigen, wie sie ihren Streit augenblicklich fortsetzten.

»Jetzt langt's«, brüllte Garibaldi. Er rief zwei andere Offiziere zu sich, die alles von der anderen Seite des Raumes aus beobachtet hatten. »Bringen Sie die beiden in die nächste Arrestzelle!« wies er sie an.

Die Angesprochenen nickten dienstbeflissen und eskortierten die beiden Kontrahenten aus der Sicherheitszentrale hinaus.

Garibaldi wandte sich an die restlichen Offiziere. »Was geht hier vor, Coyle?«

»Nichts als Zoff, Chief. Die FERMIS ANGELS sind immer noch außer sich, weil die von LEBEN IM WANDEL auf der Station sind. Also sind sie mit ihren Plasmamotorrädern durch Sektor BRAUN gerast. Dabei haben ein paar Verkaufsstände dran glauben müssen und –«

Garibaldi hatte bereits nach den ersten Worten die Hand gehoben. »Die FERMIS ANGELS? Doch nicht diese fundamentalistischen Physiker?«

»Genau die. Sie müßten ihre selbstgebauten Motorräder sehen. Exakte Nachbildungen antiker Harleys. Toll anzusehen – natürlich bloß, bis sie beschlossen haben, mit den Dingern Amok zu fahren –«

»Natürlich«, wiederholte Garibaldi. Er überprüfte mit einem kurzen Blick die Bildschirme, auf der Suche nach weiterem

Ärger. Garibaldi mußte nicht lange suchen: Anscheinend war in jedem Winkel der Station gerade eine Rauferei oder sonst irgend ein Tumult im Gange.

»Wie viele Leute sind momentan im Dienst?«

»Nur die reguläre Besetzung«, erwiderte der Offizier und grinste. »Bis auf Martin und Kristian, die sich gestritten haben, bis Sie die beiden in die Arrestzelle gesperrt haben.«

»Ich will ab sofort doppelte Patrouillen«, ordnete Garibaldi an. »Bis auf Widerruf. Und ich will, daß bis auf weiteres alle Bars auf der Station geschlossen werden. Wir müssen nicht auch noch Alkohol in dieses Feuer gießen.«

»Ja, Chief.«

»Wenn Sie mich suchen, ich bin bei Captain Sheridan«, verabschiedete sich Garibaldi. Er drehte sich noch einmal um. »Und zögern Sie nicht, mich zu verständigen.«

»Ja, Chief.«

»Fermis Angels«, knurrte Garibaldi. Kopfschüttelnd machte er sich auf den Weg zum Besprechungsraum.

Captain Sheridan sah so müde aus, wie Garibaldi sich fühlte. »Dr. Franklin kann nicht kommen«, erklärte der Captain, »bei den Unruhen letzte Nacht hat es eine Menge Verletzte gegeben, um die er sich zu kümmern hat. Trotzdem habe ich ihn angewiesen, diese Alptraumseuche unverzüglich zu untersuchen, die anscheinend *Babylon 5* heimsucht. Außerdem habe ich Earth Central über unsere Lage informiert. Sie haben ebenfalls Leute auf die Sache angesetzt. Ich vermute, daß ich nicht der einzige bin, der in der vergangenen Nacht schlecht geträumt hat?«

Susan Ivanova sah ziemlich am Ende aus. »Und ob«, stöhnte sie. Garibaldi nickte zustimmend.

»Ich habe für morgen um diese Zeit eine geschlossene Sitzung anberaumt. Die Botschafter der Minbari und Centauri werden teilnehmen, außerdem G'Kar. Kosh habe ich ebenfalls eingeladen, aber er hat es abgelehnt zu erscheinen. Ich habe den Eindruck ... womit wir es hier auch zu tun haben, Kosh macht es ebenso zu schaffen wie den anderen.«

»Wie kommen Sie denn auf die Idee?«

Sheridan schüttelt den Kopf. »Die Art, wie er ... auf meine Bitte reagiert hat. Ich muß zugeben, daß ich eine Zeitlang gedacht habe, Botschafter Kosh könnte hinter der ganzen Geschichte stecken. Ich glaube zwar nicht, daß uns die Vorlonen Schaden zufügen wollen, aber ich könnte mir vorstellen, daß sie versuchen, mit uns ein ... Experiment durchzuführen. Wie auch immer, das scheint nicht der Fall zu sein. Deshalb wäre es mir lieber, wenn Sie meine Spekulationen für sich behielten. Übrigens habe ich noch jemanden zu der Sitzung eingeladen. Sie ist nicht jedem von Ihnen bekannt, Martina Coles, eine Telepathin auf der Durchreise. Sie ist unterwegs zu ihrem neuen Posten, aber wir haben zur Zeit keine anderen Telepathen auf der Station. Deshalb wünsche ich ihre Mitarbeit –«

»Halten Sie das für eine gute Idee?« unterbrach ihn Garibaldi.

»Wie meinen Sie das?« fragte Sheridan.

Garibaldi warf Ivanova einen Blick zu, bevor er antwortete. »Na ja, Sie wissen schon, wie die vom Psi-Corps sind, Captain. Ich meine, ich wäre nicht überrascht, wenn das Corps uns diese Alptraumseuche beschert hätte. Wir hatten mit Talia schon genug Probleme ...«

»Dessen bin ich mir durchaus bewußt, Chief«, erklärte der Captain. »Der Gedanke ist mir selbst bereits gekommen. Aber nach der Auffassung von Dr. Franklin und der wissenschaftlichen Abteilung liegt der Ursprung dieses Phänomens nicht auf *Babylon 5*. Daher glaube ich, daß wir Martina Coles als mögliche Spionin des Psi-Corps von der Liste streichen können, jedenfalls in diesem Fall. Vielleicht kann sie uns weitere Informationen liefern.«

»Ich schätze, wir haben nichts zu verlieren«, bemerkte Ivanova zu Garibaldis Verblüffung. »Außerdem handelt es sich hier um ein psychisches Problem, und das ist schließlich ihr Fachgebiet.«

»So schlimm diese Alpträume auch für die Bewohner und die Besatzung der Station sind«, fuhr Sheridan fort, »was mich weit mehr beunruhigt, ist die Tatsache, daß sie sich anscheinend bedrohlich auf das Verhalten der Leute auswirken. Vom Schlafentzug einmal abgesehen, scheinen hier alle immer angespannter und reizbarer zu werden.«

Garibaldi beugte sich vor und stützte sich auf den Tisch. »Alle naselang kommt es irgendwo auf der Station zu 'ner Prügelei«, berichtete er. »Ich habe gerade erst zwei von meinen eigenen Leuten davon abhalten müssen, sich gegenseitig die Schädel einzuschlagen.«

Sheridan nickte. »Ich werde das Gefühl nicht los, daß alles noch viel schlimmer kommt, ehe sich die Situation wieder entspannt. Ich hoffe, das ist uns allen klar. Wir müssen vorbereitet sein. Die Station taumelt am Rande des Abgrunds. Es ist, als ob alle darauf warten, daß irgend etwas geschieht –«

Das Com-Link des Captains gab Laut. Er meldete sich. »Hier Sheridan.«

»Captain, hier Beobachtungskuppel. Ich . . . denke, Sie sollten herkommen, Sir.«

»Was ist los?« fragte Sheridan. »Gibt es Probleme?«

»Nicht direkt, Sir. Das heißt, ich weiß nicht recht.«

»Würden Sie sich bitte etwas deutlicher ausdrücken?« schnauzte der übernächtigte Sheridan den Mann am anderen Ende ungehalten an.

»Ich weiß wirklich nicht, was ich sagen soll, Captain. Nur, daß Sie besser herkommen und sich das selbst ansehen.«

»*Was* soll ich mir ansehen?«

»Dieses *Ding*, Captain. Vor der Station. Es ist einfach aus dem Nichts aufgetaucht.«

6

Sie sahen einen breiten grünen Streifen, gleich einem dicht gewobenen Schleier aus kleinen, strahlend hellen Sternen durch das abgerundete Fenster der Beobachtungskuppel. Er war unregelmäßig geformt, wie ein langes, ausgefranstes Band, das sich vom dunklen Hintergrund des Weltalls abhob.

»Sieht aus wie ein ... *Wurm*«, meinte Garibaldi.

Captain Sheridan, der neben dem Sicherheitschef am Fenster stand und seinerseits die Erscheinung betrachtete, stimmte ihm zu. »Aber was ist es?«

Commander Susan Ivanova wußte jetzt, wie die fremdartige Erscheinung aussah. Ihrer Neugierde war damit Genüge getan, und sie wandte sich wieder der großen, halbrunden Kontrollkonsole zu. Ihre Augen überflogen die Anzeigen. Plötzlich runzelte sie die Stirn. »Da ... scheint *gar nichts* zu sein.«

Sheridan drehte sich zu ihr um und fragte: »Können Sie das erklären, Commander?«

»Unsere Instrumente zeigen an, daß dieser grüne Wurm da draußen momentan zwanzig Lichtjahre von *Babylon 5* entfernt ist. Er ist ...« Sie überprüfte eine Anzeige, »fünfzehn Millionen Kilometer lang und an seiner dicksten Stelle achthunderttausend Kilometer breit. Aber, obwohl wir seine Ausmaße bestimmen können, ist er den Anzeigen zufolge eine Illusion. Es existiert nicht wirklich.« Sie blickte von Sheridan zu dem abgerundeten Fenster. *»Es ist gar nicht da.«*

»Das ist unmöglich!« Sheridan wurde ungeduldig. »Wenn wir es sehen und vermessen können, muß es doch da sein.«

»Augenscheinlich hat es bestimmte Ausmaße, nimmt aber keinen Raum ein«, erklärte Ivanova. »Wenn man unseren Instrumenten Glauben schenkt.«

Sheridan riß der Geduldsfaden. »Das kann ich nicht akzeptieren«, erregte er sich. »Wir müssen weitere Tests durchführen. Ich will, daß sich sofort ein Team von Wissenschaftlern an die Arbeit macht.«

»Ja, Captain«, bestätigte Ivanova.

Sheridan drehte sich zu Garibaldi um, der den grünen Wurm noch immer interessiert betrachtete.

»Mr. Garibaldi, bereiten Sie eine allgemeine Bekanntmachung vor: Wir haben ein unbekanntes Phänomen entdeckt, das wir untersuchen wollen. Aber jagen Sie den Leuten keine Angst ein. Sagen Sie, wir halten das für eine wunderbare Gelegenheit, etwas Neues zu lernen. Ich will nicht, daß irgend jemand auf der Station auf dumme Gedanken kommt – wenigstens nicht, solange wir es nicht gestatten.«

Garibaldi musterte weiter den Wurm, während er sprach: »Auch wenn wir eine Bekanntmachung herausgeben, bezweifle ich, daß das diese ganzen Glaubensvereine, die wir momentan am Hals haben, davon abhalten wird, auf dumme Ideen zu kommen.«

»Tun Sie Ihr Bestes, Chief.«

»Selbstverständlich.«

»Ich brauche wohl keinem von Ihnen zu sagen, daß die kleine Konferenz, die wir anberaumt haben, unter diesen Umständen von noch größerer Wichtigkeit ist. Wir müssen dieses Problem in den Griff kriegen, bevor es uns in den Griff kriegt.« Er warf einen nervösen Blick auf das schöne, schimmernde grüne Band draußen vor der Station. »Das hat uns gerade noch gefehlt. Als ob wir mit diesen Alpträumen nicht schon genug zu tun hätten.«

Garibaldi wandte sich vom Fenster ab. »Haben Sie schon daran gedacht, daß es da vielleicht einen Zusammenhang gibt? Ausgerechnet während wir alle unter diesen Alpträumen leiden, taucht dieser Wurm hier auf. Ein komischer Zufall.«

»Wenn dieser Wurm überhaupt existiert«, warf Ivanova ein.

Sheridan sah die beiden an. »Nun, wie auch immer: Ich denke, wir haben alle Hände voll zu tun. Ich sehe Sie beide auf der Konferenz. Bis dahin haben wir alle eine Menge zu erledigen. Garibaldi, ich möchte, daß Sie sofort die Bekanntmachung formulieren. Ivanova, wenn möglich bleiben Sie bitte hier und behalten unseren Wurm im Auge. Ich werde mich mit der Erdzentrale in Verbindung setzen. Die sollten wissen, was hier vor sich geht.«

Garibaldi und Ivanova wandten sich wieder dem Fenster zu, als er gegangen war.

»Was kommt wohl als nächstes?« fragte Ivanova.

Captain Sheridan versuchte in seinem Büro, seine Müdigkeit abzuschütteln, indem er sich die Haare kämmte, bevor er vor seinen Bildschirm trat und einen Goldkanal zur Erdzentrale öffnete. Der Blick des Beamten, der seinen Ruf entgegennahm, sagte ihm, daß er lediglich einen Teilerfolg erzielt hatte.

»Haben Sie Schwierigkeiten, Captain?« erkundigte sich Hilton Dowd, der Assistent von Präsident Clark.

»Allerdings«, antwortete Captain Sheridan. »Ich finde, der Präsident sollte wissen, daß wir offensichtlich –«

»Wir sind über die Erscheinung informiert.«

»Wie –?« setzte Sheridan an, aber der Beamte brachte ihn mit einer Geste zum Schweigen.

»Ein . . . Frachter, der gerade das Sprungtor zum Epsilon-Sektor passieren wollte, hat einen Bericht über dieses grüne Band an die Earthforce gesendet. Der Präsident wüßte sehr gerne, worum es sich bei diesem Phänomen handelt.«

»Genau da liegt unser Problem. Wir wissen nicht, was es ist. Wir konnten seine Ausmaße bestimmen, aber wenn man unseren Instrumenten glauben darf, existiert es gar nicht.«

Mit einem Mal schien der Mann auf dem Bildschirm beunruhigt. »Wie weit ist die Erscheinung augenblicklich von *Babylon 5* entfernt?«

»Zwanzig Lichtjahre.«

»Das klingt nach einem sicheren Abstand. Wir möchten, daß Sie mit allen Mitteln herauszubekommen versuchen, was es ist. Und wie gefährlich es ist.«

»Wir wissen nicht, ob es überhaupt gefährlich –«, begann Sheridan, aber sein Gesprächspartner unterbrach ihn abermals.

»Ruhen Sie sich ein wenig aus, wenn möglich. Und halten Sie uns auf dem laufenden, Captain.«

Damit war das Gespräch beendet. Der Bildschirm wurde dunkel, und John Sheridan war wieder allein.

Wie gefährlich?

7

Wieder spürte Martina Coles, daß etwas in ihre Gedanken eindrang.

Genaugenommen waren es sogar zwei *Eindringlinge*.

Das ganz und gar fremdartige Gefühl, das sie heute abend schon einmal gespürt hatte, eine Geisterhand, die ihr Gehirn berührte. Aber da war noch eine zweite Empfindung, eine, die sie kannte, oder zumindest annähernd einzuordnen vermochte.

Fremdheit.

Der Gedanke erschütterte sie zutiefst. Sie schnappte deutlich hörbar nach Luft, sprang von ihrem Bett auf und drückte sich an die nächstliegende Wand. Angst überwältigte sie, umklammerte ihr Herz mit stählernen Klauen. Sie war wie gelähmt, in Wellen brach ihr der Schweiß aus. Plötzlich wurde ihr entsetzlich übel. Sie konnte gerade noch ins Badezimmer rennen und sich über die Toilette beugen. Sie schlotterte vor Angst.

Fremdheit.

Die Vorstellung, daß ein Außerirdischer in ihre Gedanken eindrang, auf diesem Wege nach ihr rief ...

Ihr Magen revoltierte wieder. Sie kniete jetzt am Boden, umklammerte mit beiden Händen den Rand der Toilette und gab sich alle Mühe, nicht bewußtlos zu werden.

Ein *Vorlone.*

Da zog sich der Außerirdische, der ihre Gedanken okkupiert hatte, wieder zurück. Martina Coles holte tief Luft und kam wieder zu sich.

Sie schöpfte weiter gierig Atem; sie stand langsam auf und ging hinaus. Mit zitternden Händen goß sie sich ein Glas Wasser ein. Sie trank. Der Gedanke an das eben Erlebte ließ sie erschauern.

Sie holte noch einmal tief Luft, richtete sich auf und kehrte zurück ins Badezimmer.

Beim Anblick des Bades schüttelte es sie wieder. Diesmal nicht vor Angst, sondern vor Ekel. Sie machte die Toilette sauber, entkleidete sich und duschte. Danach zog sie ihren schwarzen Hosenanzug und die schwarzen Stiefel an. Abgesehen von einer Kopfbedeckung, war sie jetzt von oben bis unten bekleidet. Sie trug ihre schwarzes Haar kurz und benutzte weder Make-up noch Nagellack.

Sie versuchte, das alles abzuschütteln, als sie ihr Quartier verließ. Mit dem nächsten Lift fuhr sie hinunter in den Alien-Sektor der Station. Dort setzte sie eine Atemmaske auf, justierte die Sauerstoffzufuhr und begab sich auf dem schnellsten Weg zu einer bestimmten Tür.

Sie betätigte ein Signal, und die Tür öffnete sich. Eine Methanwolke entfloh dem Quartier dahinter, konnte Matina Coles unter ihrer Atemmaske jedoch nichts anhaben. Sie trat ein und die Tür schloß sich hinter ihr. Durch die dichten Methanschwaden machte sie zwei Schritte vorwärts. Plötzlich ragte Botschafter Kosh in seinem geheimnisvollen Schutzanzug vor ihr auf.

Ohne lange Vorreden sagte sie: »Sie haben telepathische Verbindung mit mir aufgenommen.«

Etwas unter Koshs Schutzanzug leuchtete auf. Ein klimperndes Geräusch wurde hörbar, aber Kosh blieb ihr eine Antwort schuldig.

Martina kämpfte gegen die Angst an, die sie wieder zu überwältigen drohte. »Ich wünsche, daß Sie mich in Ruhe lassen.«

Wieder leuchtete etwas hinter Koshs Mantel auf. Und diesmal hörte sie ihn sprechen: »Sie sind ... nicht bereit für meine Botschaft.«

»Da haben Sie ganz recht. Ich bin nicht bereit, und ich werde es nie sein. Es gibt nichts, das ich von Ihnen hören will. Dringen Sie *nie wieder* in meine Gedanken ein.«

»Wenn ... Sie bereit sind.«

»Das werde ich niemals sein.«

Sie fürchtete, die Selbstkontrolle zu verlieren. Sie stand einem Außerirdischen gegenüber, der versuchte, Gewalt über sie zu erlangen, und sie erschauerte. Martina wirbelte herum und rannte zur Tür. Sie hämmerte dagegen, als diese sich nicht schnell genug öffnen wollte, und sie stürzte in Panik hinaus, als sie endlich zur Seite glitt.

Draußen vor dem Zugang zu den Quartieren der Außerirdischen riß sie sich die Atemmaske vom Gesicht und holte tief Luft. Mit einer Hand mußte sie sich an der Wand abstützen, um nicht zu straucheln. Sie neigte sich nach vorne, glaubte sich wieder übergeben zu müssen.

»Sind Sie in Ordnung?«

Martina schnappte nach Luft. Ein Drazi stand über sie gebeugt und musterte sie fragend.

Sie gab vor Schreck einen Schrei von sich, schleuderte die Atemmaske nach dem Drazi und rannte kopflos davon.

Erst als sie der Aufzug wieder auf ihrer Ebene abgesetzt hatte und sie sich ihrer Unterkunft näherte, wurde ihr Atem wieder ruhiger und ihr Gang sicherer.

Zurück in ihrem Quartier, zog sie sich aus und duschte abermals. Wie zuvor legte sie schwarze Kleidung an. Sie setzte sich auf einen Stuhl mit kerzengerader Lehne und versuchte zu vergessen, was eben geschehen war. Ihr Geist war leer. So saß sie in ihrem provisorischen Quartier auf *Babylon 5* und wartete darauf, daß Captain Sheridan sie zu der Besprechung rief, an der sie auf seinen Wunsch teilnehmen sollte.

Eine Stunde später flackerte die Erinnerung an ihr Treffen mit Kosh jäh wieder auf. Ein kalter Schauer rann durch ihren Körper und ließ sie erbeben. Endlich gelang es ihr, sich wieder auf einen Punkt an der gegenüberliegenden Wand zu konzentrieren. Sie wartete weiter.

8

Schlaf war das letzte, woran Garibaldi jetzt denken konnte. Nachdem er sich der Bekanntmachung angenommen hatte, die jeden auf der Station über das Erscheinen des grünen Wurms informieren sollte, hatte er gehofft, zur Beobachtungskuppel zurückkehren zu können, um selbst noch einen Blick auf das Ding werfen zu können. Statt dessen fand er sich in einer Mischung aus Motorradrennen und religiöser Prozession wieder.

Auf dem Weg zur Beobachtungskuppel war er über sein Com-Link zum Sektor BRAUN gerufen worden. Die FERMIS ANGELS waren los.

Kaum trat er aus dem Lift, versperrte ihm der große, breite Lederjackenrücken eines Angels den Weg. Das zu zwei Zöpfen geflochtene lange Haar des Mannes gab einen hübschen Rahmen für das Bild auf der schwarzen Lederjacke ab: ein gespaltenes Atom mit Heiligenschein.

Jemand rempelte Garibaldi von hinten an, so daß er gegen den Riesen vor ihm gestoßen wurde. Langsam drehte sich der Bursche zu ihm um.

Sein breites bärtiges Gesicht neigte sich mit einem finsteren Ausdruck zu ihm herab.

»Paßt dir was nicht, Kleiner?«

Garibaldi wollte dem Mann seinen Ausweis zeigen, aber der hatte ihn bereits bei der Jacke gepackt und hochgestemmt, ehe er noch danach greifen konnte. Die Arme des Mannes sahen aus, als hätten ursprünglich Beine aus ihnen werden sollen. Der Rocker hob Garibaldi hoch, bis ihre Augen sich auf gleicher Höhe befanden.

»Ich hab' dich gefragt, ob dir was nicht paßt.«

Garibaldi setzte ein dümmliches Grinsen auf. Er warf einen Blick auf das Gefährt hinter dem mächtigen Rumpf seines Gegenübers, offenbar eine nagelneue Harley Davidson.

»Ich hab' nur Ihre Maschine bewundert, ehrlich.«

Plötzlich strahlte der andere über das ganze Gesicht. »Sie gefällt dir, Mann?« Vorsichtig setzte er Garibaldi neben dem Motorrad ab. »Einsame Spitze, das Teil, was?«

»Klar«, bestätigte Garibaldi voll aufrichtiger Bewunderung. Er hatte schon Repliken solcher Motorräder im Museum gesehen, aber so nah war er noch nie dran gewesen. »Wieviel Kubik?«

»Fünfzehnhundert, Mann. Und 'n Viertakter mit Plasmagenerator. Praktisch wartungsfrei. Wir wollten erst 'nen kleinen Atomreaktor einbauen, aber ...« Die Augen des Mannes leuchteten. »He, willste 'ne Runde drehen?«

»Wer? Ich?« fragte Garibaldi.

»Klar.« Schon wurde er wieder hochgehoben und diesmal auf die Harley plaziert. Der Angel setzte sich vor ihn und trat die Maschine an.

»Ich bin Carbon, Mann«, stellte er sich vor und langte nach hinten, um Garibaldis Hand zu schütteln.

»Also, ich heiße Mike«, erwiderte Garibaldi und drückte dem Fahrer ganz kurz die Hand, damit er möglichst schnell wieder beide Hände frei hatte, um das Motorrad zu lenken.

»Und ab dafür!« rief Carbon. Die Harley heulte auf und schoß davon. Passanten sprangen nach links und rechts aus dem Weg und in Sicherheit. Garibaldi klammerte sich an sein Leben. Bald schrie er genauso laut wie Carbon. Sie bahnten sich ihren Weg durch das Geschäftsviertel des Sektors BRAUN. Die Händler hatten ihre Verkaufsstände zu beiden Seiten des Mittelgangs aufgebaut, so daß ihnen eine ziemlich breite Fahrspur blieb.

»Jippieh!« kreischte Carbon und ließ die Maschine in der nächsten Rechtskurve um ein Haar umkippen. »Das is' doch der Himmel auf Erden, was Mike?«

Garibaldi konnte nur nicken. Zu Tode geängstigt, war er viel zu beschäftigt damit, sich festzuhalten. Da schossen zwei andere Motorräder aus Seitengängen und setzten sich links und rechts neben sie. Als sich Garibaldi umschaute, entdeckte er drei weitere hinter ihnen. Zwei der Fahrer trugen Helme, an denen Strahlenkränze aus Reifen befestigt waren. Ein Dritter hatte das Bild eines atomaren Strahlenkranzes auf seinen kahlen Schädel tätowiert. Der Rocker mit der Tätowierung grinste Garibaldi breit an und gab dabei den Blick auf seinen zahnlosen Mund frei. Er streckte einen Daumen in die Höhe.

»Juhuuh«, schrie Carbon und trat das Gaspedal bis zum Anschlag durch. Die Maschine machte einen Satz, während sich die Händler und ihre Kunden furchtsam duckten und an die Wände preßten, um der Solidaritätskundgebung der Rocker nicht in die Quere zu kommen.

Garibaldi rutschte das Herz in die Hose, als Carbon plötzlich sein Vorderrad hochriß. Der Sicherheitschef verlor endgültig die Nerven.

»Oh-jeeeeh!« heulte er auf.

»Oh, jaaaah!« antworteten die Motorradfahrer um ihn herum.

Plötzlich bremste Carbon seine Maschine ab. Mit quietschenden Reifen kam sie zum Stehen. Auch die anderen hielten und kreisten sie ein.

»Das war echt klasse, Mann!« freute sich der Rocker mit dem tätowierten Schädel.

»Einmalig!« rief ein anderer, der noch größer als Carbon war, und setzte den Helm ab. Erst jetzt entpuppte er sich als Frau. Inmitten des Tumults stieg Garibaldi vorsichtig von der Harley ab.

»Na, Mann, was sagste jetzt?« fragte ihn Carbon und hieb ihm grinsend die Pranke auf die Schulter.

»He, Jungs, wir sollten ihn zum ›*Angel ehrenhalber*‹ ernennen«, schlug die Frau unter den Rockern vor. Sie zog ihre Lederjacke aus und warf sie Garibaldi zu. Die Jacke traf ihn so hart vor der Brust, daß er in der Mitte einknickte. »Probier die mal.«

»Ja, probier Silicons Jacke an, Mann«, stimmte Carbon zu.

»Tja«, meinte Garibaldi zaghaft. Aber als er bemerkte, daß sein Zögern die eben noch so freundlich gestimmte Motorradgang mißtrauisch machte, streifte er sich die Jacke spaßeshalber über.

»Irgendwie gefällt mir das«, erklärte er lächelnd.

»Und wie hat dir unsere kleine Spritztour gefallen?« wollte Carbon wissen.

»Toll, einfach toll.«

»Wie wär's, hast du Lust, in unsere Gang zu kommen?« fragte Silicon darauf lachend, wobei sich erwies, daß auch ihr schon ein paar Zähne fehlten.

Garibaldi hielt ihnen seinen Ausweis unter die Nasen, beinahe tat es ihm leid. »Ich schätze«, verkündete er, »ihr müßt euch mit euren Spritztouren ein bißchen zurückhalten, Leute.«

»Oh, Mann, der Kerl ist 'n Bulle«, stellte Silicon enttäuscht fest.

Der Zorn in Carbons Gesicht wich Respekt. »He, Leute, der Typ ist in Ordnung. Das ist der, der die ANOMALISTEN in ihren Konferenzraum gesperrt hat.« Er klopfte Garibaldi kräftig auf die Schulter. »Ja, der Typ ist in Ordnung.«

»Die ANOMALISTEN haben keinen Respekt vorm Leben«, stellte Silicon fest. »Die respektieren nicht mal GOTT!«

Bei diesem Wort senkten sämtliche Mitglieder der Motorradgang ihre Köpfe und begannen, irgend etwas zu murmeln. Carbon rezitierte mit geschlossenen Augen: »Herr, unser GOTT, der Du der GOTT aller Rocker bist, wisse, daß wir Dir zu Ehren unsere Maschinen fahren. Du hast alle Wesen erschaffen, Du hast die Physik erschaffen. Wie Du die Rocker erschaffen hast, so hast Du auch die Erfindung unserer Maschinen möglich gemacht. Dafür danken wir Dir, dafür ehren wir Dich und verteidigen Dich alle Tage unseres Lebens.«

»Amen«, antworteten Silicon und die anderen unisono. Dann blickten alle erwartungsvoll auf Garibaldi.

»Amen?« echote Garibaldi zaghaft.

Wieder hieb ihm Carbon die Hand auf die Schulter. »Du bist richtig, Mann. Und ich denke, daß dir klar ist, wieso wir mit den ANOMALISTEN nicht auskommen.«

»Äh, ... nicht ganz«, sagte Garibaldi.

»Kapierst du nicht? Die glauben, daß alles aus dem Nichts entstanden ist. Daß die ganze wunderbare Physik um uns herum nichts bedeutet. Das ist Blasphemie. Wir FERMIS ANGELS, wir sind Physiker, aber wir sehen auch die Seele von jedem Molekül und jedem Atom, jedem Quark und jedem Tachyon. GOTT ist in allem, Mann. Siehst du das nicht?«

»Ich denke, ihr habt ein Recht auf euren Glauben«, entgegnete er diplomatisch, »aber die Anhänger von den paar Hundert anderen Glaubensrichtungen auch –«

Jetzt wurde Carbon richtig sauer. Zum erstenmal wurde Garibaldi bewußt, daß die Mitglieder der Motorradgang, genauso wie alle anderen auf der Station, unter Alpträumen und Schlafentzug litten.

»Aber das ist kein Glaube, Mann. Das ist 'n Anti-Glaube. Blasphemie. Und diese Typen haben uns auch noch böse Träume geschickt, Mann.«

Garibaldi war darauf bedacht, die Situation nicht entgleisen zu lassen. »Ihr seid hier nicht die einzigen, die in letzter Zeit Schlafstörungen haben«, erklärte er. »Ich kann euch nur bitten, cool zu bleiben.« Mit einem Lächeln tätschelte er die Sitzbank von Carbons Maschine. »Euren Maschinen zuliebe, okay?«

Carbons Laune besserte sich ein wenig. »Klar, Mann.«

»Und ich schau mal, ob ich nicht 'ne Art Rennstrecke für euch ausweisen lassen kann, Jungs. Weit weg von den ganzen Leuten hier, auf 'ner ruhigeren Ebene.«

»In Ordnung, Mann.«

»Gut, und in der Zwischenzeit ...« Garibaldi wollte Silicons Lederjacke ausziehen, aber Carbon hielt ihn davon ab.

»He, Mann, das Teil gehört jetzt dir. Du bist *›Angel ehrenhalber‹*.«

Garibaldi wollte die Gruppe nicht provozieren. Außerdem hatte Silicon schon eine leicht beleidigte Miene aufgesetzt. Daher behielt er die Jacke an und sagte nur: »Oh, klar doch. Cool.«

»Verdammt cool!« rief Silicon zufrieden und knuffte ihn mit ihrer Faust gegen den Arm. Sie hatte einen noch härteren Schlag als Carbon.

»Ja«, nickte Garibaldi beifällig und schaffte es gerade noch, so etwas wie ein Lächeln auf sein schmerzverzerrtes Gesicht zu zaubern.

9

Der Konferenzraum füllte sich rasch. Commander Susan Ivanova war vorausschauend genug, am Eingang Posten zu beziehen. So konnte sie darauf achten, daß G'Kar, der Vertreter der Narn, und Londo, der Botschafter der Centauri, möglichst weit voneinander entfernt ihre Plätze einnahmen. Das löste freilich nicht das Problem, daß sich die beiden im selben Raum aufhielten.

Als Londo hereinkam, erhob sich G'Kar und verkündete: »Ich bleibe nicht in einem Raum mit diesem ... Mörder.«

»Und ich«, gab Londo zurück, »werde nicht die Luft atmen, die von den Lungen dieser niederen Kreatur verseucht wurde.«

Londo, der dem Ausgang näher stand, wandte sich darauf zum Gehen, aber Ivanova trat ihm in den Weg. Eine Sekunde später hatte auch G'Kar die Tür erreicht. Er stieß beinahe mit Londo zusammen, worauf beide sofort aufeinander losgehen wollten. »G'Kar. Sie repräsentieren niemanden. Sie haben hier nichts verloren.«

»Nur weil Sie meine Leute niedergemetzelt haben.« G'Kar hob drohend eine Faust. »Ich weiß nicht, wieso ich Ihnen erlaube, immer noch hier herumzulaufen.«

»Sie mir etwas *erlauben*?« Londo legte eine Hand auf den Knauf seines Schwertes. »Ich könnte Sie zertreten wie einen Wurm, und es wäre natürliche Auslese, mein Freund.«

»Ich bin nicht Ihr Freund. *Niemand* ist Ihr Freund.«

Londo streckte sich zu seiner ganzen Größe, dann lächelte er rätselhaft. Seine Augen durchbohrten G'Kar. »Da sind Sie im Irrtum, G'Kar. Ich habe sehr wohl Freunde. Und die kennen *Sie* ganz genau.«

»Ich wünsche, daß dieser Unsinn augenblicklich aufhört«, ließ sich Captain Sheridan in harschem Tonfall vernehmen. Es wurde auf der Stelle still. »Wir haben hier Wichtigeres zu tun, als uns wie Kinder auf dem Schulhof aufzuführen. G'Kar ist hier, weil es zwischen den Narn und den Centauri immer wieder zu Auseinandersetzungen kommt. Und das muß aufhören.« Er deutete auf die beiden leeren Stühle an den Kopfenden des Tisches. »Nehmen Sie bitte Platz, meine Herren.«

Londo und G'Kar setzten sich, aber nicht, ohne einander giftige Blicke zuzuwerfen.

Nur ein Stuhl war noch unbesetzt. Ivanova betrachtete die Anwesenden und überlegte, wer fehlte. Dr. Franklin war da, Delenn, die Botschafterin der Minbari, Garibaldi und Captain Sheridan. Plötzlich spürte sie, daß hinter ihr jemand den Raum betreten wollte.

Sie drehte sich um und sah Martina Coles. Ihre zierliche Gestalt war ganz in Schwarz gehüllt, ihre Miene wie versteinert.

Ivanova erholte sich von ihrem Schreck und wollte sich vorstellen, aber die Telepathin ignorierte sie, schritt bleich und schmallippig an ihr vorbei und setzte sich auf den leeren Stuhl.

»Ganz meinerseits«, murmelte Ivanova und nahm ihren Platz an der Seite von Captain Sheridan ein.

Sheridan stand auf. »Ich danke Ihnen allen für Ihr Erscheinen. Ich nehme an, Sie wissen bereits, worum es sich handelt. Ursprünglich wollten wir über die Alpträume sprechen, die uns alle heimsuchen. In den letzten vierundzwanzig Stunden hat sich allerdings noch ein neues Problem ergeben, mit dem wir uns auseinandersetzen müssen. Vielleicht steht es mit den Alpträumen in Zusammenhang, vielleicht nicht –«

G'Kar konnte sich nicht länger beherrschen. »Diese Alpträume sind ein Trick der Centauri!« polterte er. Er sprang auf und deutete auf Londo. »Sie wollen alle Narn töten, die das Massaker überlebt haben, und alle hier auf der Station, die uns freundlich gesinnt sind.«

»Natürlich, nur ein Narn käme auf die Idee, so etwas zu

behaupten«, spottete Londo, »insbesondere, da *dieser* Narn selbst für die Alpträume verantwortlich ist.«

Londo erhob sich jetzt ebenfalls und deutete seinerseits auf G'Kar. »Dort sitzt Ihr Verräter, Captain!«

»Genug jetzt!« Captain Sheridan wandte sich an Garibaldi, der mit verschränkten Armen dasaß und geduldig der Dinge harrte, die da kommen mochten. »Chief, wenn die beiden sich nicht beherrschen, werden sie auf unbestimmte Zeit in ihren Quartieren unter Arrest gestellt. Verstanden?«

»Mit Vergnügen, Captain«, antwortete Garibaldi und warf den beiden aufgeschreckten Streithähnen einen sanftmütigen Blick zu.

»So etwas hat es noch nie gegeben!« ereiferte sich G'Kar.

»Eine Unverschämtheit!« stimmte Londo zu. »Dazu haben Sie kein Recht – Sie treten die diplomatische Immunität mit Füßen.«

»Na, wenigstens sind Sie in diesem Punkt einer Meinung. Sie wollen beide nicht unter Arrest gestellt werden.« Sheridan wurde ernst. »Diplomatische Immunität hin oder her, wenn sich der Frieden auf *Babylon 5* nicht anders wahren läßt, dann werden Sie beide eingesperrt. Wir befinden uns in einem Ausnahmezustand. Und wenn ich es für erforderlich halte, bin ich befugt, den Notstand auszurufen. Habe ich mich klar ausgedrückt?«

»Ja, Captain«, rang sich G'Kar ab, biß die Zähne zusammen und setzte sich wieder hin.

Londo hob eine Hand. »Ich will einer vernünftigen Lösung unserer Probleme nicht im Wege stehen«, erklärte er mit Bestimmtheit.

»In Ordnung«, fuhr der Captain fort. »Sie beide sollten nicht vergessen, daß *Babylon 5* ein Ort der Völkerverständigung sein soll und kein Kriegsschauplatz. Welche Streitigkeiten Ihre Völker auch miteinander haben mögen, Sie werden sie nicht auf dieser Station austragen. Ich bin sicher, hätten Sie beide nicht auch in letzter Zeit unter diesen Alpträumen zu leiden gehabt, würden Sie das besser verstehen. Ich bin auf Ihre Kooperation angewiesen und erwarte, daß sie mir gewährt wird.«

Der Captain richtete sich auf und wandte seine Aufmerksamkeit allen Anwesenden zu. »Wie ich schon sagte, in den letzten Tagen ist ein unbekanntes Phänomen aufgetreten, das wir untersuchen müssen. Möglicherweise steht es sogar mit unserem zweiten Problem in Zusammenhang. Sie alle haben sicher schon von diesem grünen leuchtenden Band gehört, dem Mr. Garibaldi so treffend den Spitznamen Wurm verpaßt hat. Dieser Wurm bereitet uns einige ... Sorgen. Commander Ivanova leitet das Team, das ihn analysiert. Ich habe sie gebeten, die bisherigen Untersuchungsergebnisse für uns zusammenzufassen. Commander?«

Sheridan setzte sich und überließ Ivanova das Feld, die sich darauf erhob. »Nun, ich fürchte, da gibt es nicht viel zu berichten. Wir haben den Wurm mehrmals gescannt – jedesmal ohne Erfolg. Wir können lediglich sagen, wie lang, wie breit und wie weit von uns entfernt die Erscheinung ist. Was alles andere anbelangt, also, da zeigen unsere Geräte nichts an –«

»Aber das ist ganz unmöglich«, rief Londo dazwischen. »Wie kann etwas soundso lang, soundso breit und soundso weit weg sein, aber aus *nichts* bestehen?«

Ivanova zuckte ratlos die Achseln. »Mehr haben wir nicht. Bisher jedenfalls. Unsere Techniker entwickeln zwar neue Tests, aber das wird noch eine Weile dauern. Und offen gesagt, man hat mich davor gewarnt, irgend etwas von diesen neuen Tests zu erwarten.«

»Könnte es sein, daß sich dieses Ding hinter irgendeinem Schutzschild verbirgt?« gab G'Kar zu bedenken.

»Daran haben wir auch schon gedacht«, entgegnete Ivanova, »aber wenn dem so wäre, müßten das unsere Instrumente anzeigen. Anders ausgedrückt, man kann etwas orten und man kann orten, wo sich etwas befinden sollte. Aber in diesem Fall ist … nichts da. Das Ding existiert einfach nicht.«

»Aber Sie können es doch *sehen*«, meinte Londo und runzelte die Stirn. »Ich habe es auch gesehen. Es ist grün.«

»Trotzdem entdecken wir keine Veränderungen im Farbspektrum«, erklärte Ivanova.

»Vielleicht ist es eine neue Art von Waffe«, vermutete Londo völlig unerwartet.

»Wir wissen nicht, was es ist«, warf Captain Sheridan ein, der jetzt wieder aufstand, während Commander Ivanova Platz nahm. »Und ich möchte Sie an dieser Stelle darauf hinweisen, daß alle Spekulationen, die hier geäußert werden, nichts weiter sind als eben Spekulationen. Ich verlasse mich darauf, daß Sie alles für sich behalten, was Sie hier gehört haben.«

»Aber wir haben doch überhaupt nichts gehört«, beschwerte sich Londo. Er lachte höhnisch. »Ihre Instrumente zeigen doch nichts an.«

Sheridan versuchte, sich von den Andeutungen des Botschafters nicht in Rage bringen zu lassen. »Das ist richtig«, bestätigte er und wandte sich an Dr. Franklin. »Haben Ihre Leute etwas Neues über diese Alptraumseuche herausgefunden?«

»Seuche ist das richtige Wort, auch wenn wir leider noch keinen Erreger gefunden haben, dem man die Sache zuschreiben könnte. Und ich muß Ihnen leider mitteilen, daß diese Seuche inzwischen das erste Todesopfer gefordert hat. Ein Barkeeper in der Unterwelt ist vor Schlafmangel verrückt geworden und hat sich selbst mit einer zerbrochenen Flasche die Kehle aufgeschlitzt.«

Sheridan fragte Garibald: »Sind Sie sicher, daß es Selbstmord war, Chief?«

Garibaldi nickte. »Der Mann hat durchgedreht. Ich kenne einen von den Augenzeugen, einen Informanten, der im *Happy Daze* rumhängt. Der hat zu Protokoll gegeben, daß der Barkeeper Angst davor hatte, sich schlafen zu legen. Er hat nur noch von seinen Alpträumen gefaselt und davon, daß *sie* ihn kriegen würden, sobald er einschläft. Und schließlich hat er den Kopf verloren.«

Sheridan wandte seine Aufmerksamkeit wieder Dr. Franklin zu. »Haben Sie bei der Obduktion irgend etwas Ungewöhnliches festgestellt?«

»Nichts Besonderes«, berichtete Franklin. »Ich hatte gehofft, vielleicht in seinem Gehirngewebe etwas Außergewöhnliches zu finden, oder sonstwo. Aber alle Werte waren innerhalb zulässiger Parameter. Nur Sackgassen.«

»Also hilft uns weder die Medizin noch die Physik weiter«, stellte Sheridan fest. »Wie steht es mit der Psychologie?«

Franklin erwiderte: »Einer der Psychiater auf der Station, Dr. Jenkins, hat eine interessante Theorie. Er glaubt, daß die Ursache für die Alpträume unsere Angst vor dem Unbekannten ist, unser Mißtrauen dem Fremden gegenüber. Natürlich hat jeder ständig solche Emotionen. Sie sind Teil unseres Selbsterhaltungstriebs. Aber die Alpträume scheinen sie noch zu intensivieren.«

»Das klingt sehr interessant«, meinte Sheridan. »Ich würde in diesem Zusammenhang gerne noch etwas anderes ausprobieren.« Er nickte Martina Coles zu. »Deshalb habe ich Miss Coles gebeten, an unserer Besprechung teilzunehmen. Wir haben einen begrenzten Arbeitsvertrag für Miss Coles mit dem Psi-Corps abgeschlossen. Sie bleibt zwar nicht lange auf der Station, da sie auf der Durchreise zu ihrem nächsten Posten ist, aber wir haben momentan keine anderen Telepathen hier. Sie hat vor dieser Sitzung zwei unserer Mitarbeiter gescannt, die Alpträume hatten. Vielleicht kann sie uns jetzt von ihren Erfahrungen berichten?«

Captain Sheridan lächelte Martina Coles freundlich zu. Sie aber machte sich nicht die Mühe, diese Geste zu erwidern. Sachlich erstattete sie Bericht: »Ich habe lediglich festgestellt, daß sie von tiefsitzenden Ängsten geplagt werden. Diese normalerweise im Unterbewußtsein verschlossenen Ängste sind gewaltsam an die Oberfläche gezerrt worden.«

»Das paßt zu den Ausführungen von Dr. Jenkins«, bemerkte Franklin.

»Benötigen Sie meine Dienste noch?« fragte Martina Coles kühl.

»Ich dachte, Sie könnten noch ein paar Scans durchführen«, schlug Sheridan vor.

»Ich scanne keine Außerirdischen«, stellte sie fest.

Captain Sheridan war ein wenig erstaunt. »Wie bitte?«

»Lesen Sie das Kleingedruckte in unserem Vertrag. Dort heißt es ausdrücklich, daß ich keine Außerirdischen scanne.«

»Ich bin mir dessen durchaus bewußt, aber ich dachte, unter diesen Umständen –«

Martina sprang auf. »Wenn Sie meine Dienste benötigen, finden Sie mich in meinem Quartier. Ansonsten wünsche ich, nicht gestört zu werden.«

Noch ehe sie jemand aufhalten konnte, hatte sie auf dem Absatz kehrtgemacht und war aus dem Raum gestürmt. Die automatische Tür schloß sich hinter ihr.

»Klasse Abgang«, sagte Garibaldi.

»Und sie ist wie ein Psi-Cop angezogen«, bemerkte Ivanova.

»Captain«, beschwerte sich Londo, »ich protestiere gegen die Art und Weise, in der diese ... Gedankenleserin von uns Botschaftern gesprochen hat.«

»Ihr Gebrauch des Wortes ›Außerirdische‹ beweist nur, wie wenig unsere Völker noch verbindet«, erklärte G'Kar.

Botschafterin Delenn senkte bloß nachdenklich die Lider.

»Ich möchte mich bei Ihnen allen für das Verhalten von Miss Coles entschuldigen«, ergriff Captain Sheridan das Wort. »Ich versichere Ihnen, daß ich mich darüber noch mit ihr unterhalten werde. Haben wir noch irgend etwas anderes zu besprechen, bevor ich diese Sitzung schließe?«

Garibaldi meldete sich. »Nur, daß die Sicherheitsabteilung auf sämtlichen Ebenen alle Hände voll zu tun hat. Trotzdem gibt es noch allerorten Ärger. Ich möchte speziell die Vertreter der Narn und der Centauri bitten, ihre Leute so weit wie möglich voneinander fernzuhalten. Die sind ohnehin schon nicht gerade gut aufeinander zu sprechen. Die Alpträume machen alle mächtig gereizt, und deswegen ist es jetzt noch schlimmer als sonst.«

Sheridan wandte sich an Londo und G'Kar. »Meine Herren?«

G'Kar faßte sich an die Brust. »Ich für meinen Teil werde selbstverständlich mein Bestes tun.«

»Die Worte eines Feiglings«, kam das Echo von Londo.

G'Kar sprang so abrupt auf, daß sein Stuhl umkippte. »Eines Tages werden wir euch vernichten.«

Londo lehnte sich bequem zurück, streckte sich behaglich und verschränkte die Hände hinter dem Kopf. »Dieser Tag ist heute noch nicht gekommen.«

»Meine Herren!« unterbrach sie Captain Sheridan. »Erinnern Sie sich noch an mein Angebot, Sie in Ihren Quartieren einsperren zu lassen?«

»Buh!« rief Garibaldi grinsend.

Londo und G'Kar schwiegen betreten.

»Wenn niemand mehr etwas zu sagen hat, ist die Sitzung hiermit geschlossen. Ich rechne mit Ihrer Unterstützung. Sollte es die Situation erforderlich machen, werde ich eine weitere Sitzung anberaumen.«

Captain Sheridan blieb auf seinem Stuhl sitzen, während die anderen den Raum verließen; Londo und G'Kar in gebührendem Abstand.

Als alle draußen waren, blickte Sheridan auf und sah Delenn.

»Alles in Ordnung, Botschafterin Delenn?« erkundigte er sich. Sie wirkte nachdenklich. »Sie haben gar nichts gesagt.«

»Was ich zu sagen habe, ist nur für Ihre Ohren bestimmt, Captain«, erklärte sie.

»In Ordnung«, antwortete Sheridan.

Nach einer kurzen Pause begann Delenn endlich zu sprechen. »Ich ... wollte Sie warnen. *Babylon 5* ist vielleicht ... in Schwierigkeiten, die niemand von uns zu bewältigen vermag.«

Sheridan runzelte die Stirn. »Wie meinen Sie das? Wissen Sie mehr als wir anderen?«

»Eigentlich ... nicht. Es ist nur ein Gefühl. Aber ein sehr starkes Gefühl. Aus meinen eigenen ... Alpträumen.«

»Ja?« fragte Sheridan erwartungsvoll.

»Dieses Gefühl ... der Angst vor den anderen ... stellt eine große Gefahr für die Station und alle ihre Bewohner dar.«

»Wollen Sie damit andeuten, daß all die verschiedenen Gruppierungen auf *Babylon* aufeinander losgehen werden?«

»Ja, das ist möglich.«

Sheridan hätte fast gelacht, obwohl ihm nicht zum Lachen zumute war. »Aber die ganze Station ist doch nichts anderes als eine Ansammlung von Differenzen. Wir haben eine Viertelmillion Leute hier, Tausende verschiedener Gruppierungen, Hunderte von Völkern und allein hundert verschiedene Glaubensrichtungen.«

Delenn blickte ihn voller Mitgefühl an. »Und wenn sie alle anfangen, sich zu bekämpfen ...«

»Dann würde das Chaos ausbrechen. Das würde die Station bis in ihre Grundfesten erschüttern und alles zerstören, wofür wir gearbeitet haben.«

»Genau davor habe ich Angst, Captain.«

Sheridan starrte einen Moment lang auf die Wand ihm gegenüber. Er dachte nach, dann schüttelte er den Kopf. »Daran darf ich gar nicht denken, Delenn. So etwas übersteigt meine Vorstellungskraft. Bis jetzt sieht es nicht danach aus, daß die Situation derart eskalieren könnte. Und selbst wenn das der Fall wäre, wüßte ich nicht, was ich dagegen unternehmen sollte.«

»Auch ich habe keine Ahnung, wie man ein solches Chaos

verhindern könnte, Captain«, sagte Delenn leise. »Aber ich fürchte, es wird noch soweit kommen.«

»Was für Anhaltspunkte haben Sie dafür?«

Delenns trauervolle Miene erschütterte den Captain. »Meine eigenen Anhaltspunkte, Captain. Meine Träume.«

»Und *was* träumen Sie?«

»In meinen Träumen offenbaren sich die Ängste vor dem Andersartigen, die Aggression und das Mißtrauen dem Fremdem gegenüber auf ihre ganz eigene Art, jedoch klar und deutlich. Ich kann das nicht ignorieren.«

»Ich verstehe immer noch nicht«, erklärte Sheridan. Er wünschte sich nichts sehnlicher, als Delenn von dieser tiefen Traurigkeit zu befreien.

»Nun, Captain«, antwortete Delenn, »in meinen Träumen verkörpern *Sie* diese Ängste. Ich träume, daß Sie versuchen, mich zu töten.«

10

Commander Ivanova stand in der Beobachtungskuppel und fragte sich, ob sie ihren Augen noch trauen durfte.

»Sind Sie sicher?« fragte sie den Techniker an dem Terminal neben ihr. Er machte ein ebenso erstauntes Gesicht wie Ivanova, obwohl er Zahlen vor Augen hatte und nicht nur den Wurm.

»Ja, Commander. Das Ding hat sich bewegt.«

»Das sehe ich«, sagte Ivanova. Der riesenhafte, sich windende Wurm füllte mittlerweile das ganze Rund des Aussichtsfensters, nachdem er anfangs nur aus großer Distanz zu sehen gewesen war.

»Und wie weit ist er noch von uns entfernt?«

»Wenn er sich mit konstanter Geschwindigkeit weiterbewegt, erreicht er die Station ...« Er sah zu Ivanova hoch. Sie konnte die Besorgnis in seinen Augen sehen. »... in achtundvierzig Stunden.«

Captain Sheridan sah alles andere als glücklich aus, als er den großen, schimmernden Wurm von der Kommandozentrale aus betrachtete. »Ich habe mich mit der Erdzentrale in Verbindung gesetzt und ihnen die veränderte Situation geschildert«, berichtete er Ivanova. »Aber sie haben wieder nur gesagt, daß sie bereits Bescheid wissen. Ich habe nicht einmal gefragt, woher. Offenbar versorgt sie jemand hier auf *Babylon 5* mit Informationen.«

»Überrascht Sie das etwa?« fragte Ivanova und verzog das Gesicht.

»Nein, aber ich hätte nicht erwartet, daß es ihnen gleichgültig ist, ob ich davon erfahre. Es sieht beinahe so aus, als wollte sich Präsident Clark damit brüsten, daß wir *Babylon 5* nicht unter Kontrolle haben.«

»Glauben Sie, Martina Coles könnte eine Spionin sein, Captain?« fragte Ivanova vorsichtig.

»Der Gedanke ist mir gekommen. Möglich ist es. Aber selbst wenn das der Fall wäre, erklärt das nicht, wie jemand ohne unser Wissen Verbindung zur Erde aufnehmen konnte.«

»Ich habe das untersuchen lassen. So wie es aussieht, gab es in den letzten vierundzwanzig Stunden keine illegalen Funkverbindungen nach draußen. Aber Martina Coles ist Mitglied des Psi-Corps, und die haben anscheinend ihre eigenen Kanäle.«

»Allerdings.«

»Sie ist jedenfalls wie eine Psi-Polizistin gekleidet ...« Ivanova warf Sheridan einen erwartungsvollen Blick zu.

Schließlich erklärte der Captain: »Also schön, Commander. Vielleicht sollte Mr. Garibaldi sie im Auge behalten. Trotzdem sind wir auf ihre Mitarbeit angewiesen.«

»Ja, leider«, seufzte Ivanova.

Captain Sheridan musterte den breiten Wurm, wie er sich in seiner ganzen Pracht vor dem massiven Rundfenster drehte.

»Was bist du?« fragte er leise. Ivanova konnte die Frage gut verstehen.

Lennier hatte in seinem ganzen Leben noch nie ein so seltsames Verlangen ergriffen: Er wollte jemanden schlagen.

Es war kein ausgesprochen unangenehmes Gefühl. Sicher hatte auch bei ihm schon einmal die Frustration über die Vernunft gesiegt und einen Punkt erreicht, an dem er keinen Ausweg mehr wußte. Aber der Wunsch, allen Ernstes einem anderen Wesen Schmerz zuzufügen – an diesen Punkt war er noch nie gelangt.

Es hatte sich draußen auf dem Gang ereignet, in der Nähe seines Quartiers. Er war eben auf dem Rückweg von einer kurzen Besprechung mit Botschafterin Delenn, seiner Vorgesetzten, da rempelte ihn eine kräftige, kleine Frau ganz in Schwarz an. Sie lief wortlos weiter, ohne sich bei ihm zu entschuldigen.

Normalerweise wäre Lennier erschrocken, dann hätte er die Situation überdacht; darauf hätte er die Angelegenheit unter »Erfahrungen« abgelegt und vergessen. Er hätte daraus gelernt, daß Leute in großer Eile manchmal Unbeteiligte anrempeln und ihren Weg einfach fortsetzen, weil sie ihre eigenen Belange für wichtiger erachten. Ende der Lektion.

Aber diesmal war in Lennier sofort dieselbe Art von Empörung aufgestiegen, die zum Beispiel die Centauri permanent zur Schau zu stellen schienen. Er wäre dieser Technikerin am liebsten nachgelaufen, hätte sie an den Schultern gepackt, umgedreht und ihr mit der Faust ins Gesicht geschlagen.

Diese Empfindungen überraschten Lennier solchermaßen, daß er sich auf dem kürzesten Weg zu seinem Quartier begab. Dort angekommen, vergewisserte er sich, daß seine Tür fest verschlossen war und schickte sich an, intensiv über die Sache nachzudenken.

Er betrachtete sich im Spiegel. Sein Gesicht war noch immer von Haß erfüllt, seine Fäuste geballt.

Wie sonderbar. Was sollte er jetzt tun?

Er wollte schon zu Delenn zurückkehren, um sich mit ihr zu beraten, aber er wußte, daß die Botschafterin momentan auch ohne seine Belange alle Hände voll zu tun hatte.

Er würde dieses Problem allein lösen müssen.

Außerdem – natürlich! Diese Alpträume in letzter Zeit. In diesen Träumen lief er, nur mit einem Lendenschurz bekleidet und mit einem irdischen Speer bewaffnet, in den Gängen der Station Amok. Das jagte ihm Angst ein und machte ihm arg zu schaffen, vor allem, da er in diesen Träumen alle Nicht-Minbari angriff, die ihm begegneten.

Trotzdem, das hatte er nur geträumt – und dies war die Realität.

Im Spiegel sah er, daß er seine Fäuste noch immer geballt hatte. Die Wut über die Kränkung, die er hatte hinnehmen müssen, war noch nicht, wie zu erwarten, verraucht, sondern kochte noch immer in ihm.

Einen Moment lang wollte er nach einer Waffe suchen und wieder hinaus auf den Gang eilen, diese Frau finden und sie schlagen ...

Er stieß einen absonderlichen Schrei aus. Seine eigenen Gedanken überraschten ihn, bereiteten ihm sogar großes Unbehagen. Mit voller Wucht versetzte er seinem Spiegelbild einen Faustschlag. Der Spiegel zersprang in tausend Stücke, und die Scherben verletzten seine Hand.

Sein Zorn verflüchtigte sich, als er die seltsamen Linien betrachtete, die das Blut auf seinen Handrücken zeichnete, und die klaffende Wunde auf seinem Handgelenk, aus der jetzt helles Blut quoll und auf den Boden tropfte.

Anstelle von Zorn verspürte er nun Angst und Ekel.

Was habe ich getan?

Wozu bin ich noch fähig?

Es waren schreckliche Gedanken – neu, furchtbar und angsteinflößend.

Er sah zu, wie die Blutlache auf dem Boden größer wurde, und plötzlich wurde ihm bewußt, daß er eine Menge Blut verlor und besser etwas dagegen unternehmen sollte.

Als seine Beine nachgaben und er zu Boden sank, rief er um Hilfe. Er wußte nicht, ob ihn jemand gehört hatte. Er fürchtete sich davor, in Ohnmacht zu fallen. Er fragte sich, was ihn in der Bewußtlosigkeit erwarten würde.

Aber sie hatte ihn bereits erfaßt; und die Träume mit ihr.

11

Dr. Stephen Franklin steckte bis über beide Ohren in Arbeit. Selbstverständlich hatte er seine Routineaufgaben zu erfüllen: Verstauchungen, Arbeitsunfälle (heute morgen hatte er eine besonders unangenehme Augenoperation an einem Narn durchführen müssen. Der Kerl war bei dem Versuch, die Beleuchtung in seinem Quartier zu reparieren, unvorsichtig gewesen und in sein eigenes Werkzeug gefallen), und natürlich die allgegenwärtigen Erkältungskrankheiten.

Aber nun tauchten Patienten mit höchst ungewöhnlichen Beschwerden im Med-Lab auf. Dr. Franklin führte sie in seinem medizinischen Logbuch unter dem Stichwort »Wurm«. Der Doktor hegte keine Zweifel. Der Wurm hatte begonnen, seine Opfer zu fordern. Schon gab es Tote und Verletzte, und es würden ständig mehr werden. Dr. Franklins Ohnmachtsgefühl wuchs gleichermaßen von Stunde zu Stunde. Er konnte keine medizinische Begründung für diesen psychischen Zustand finden, der die Ursache für diese neuen Notfälle zu sein schien – für diese Alpträume.

Jede Minute, in der er nicht operierte oder behandelte, verbrachte er mit Experimenten. Weil ihm keine Zeit zum Schlafen blieb, hielt er sich mit Medikamenten wach. Überhaupt, wer wollte schon schlafen? Litt doch jeder unter Alpträumen. So wie der Wurm nicht wirklich zu existieren schien, war die Ursache für die Alpträume nicht zu ergründen. Weder bei den Menschen noch bei den Angehörigen der anderen Völker, die er untersucht hatte, waren Gehirnschäden festzustellen. Es war, als würde die ganze Station von einer Massenpsychose heimgesucht.

Diese Vorstellung jagte Franklin mehr Angst ein als jede denkbare Krankheit. Krankheiten konnte er bekämpfen. Aber wie bekämpft man etwas, das nicht wirklich existiert?

Dr. Franklin beendete gerade die Untersuchung des Minbari Lennier, als Garibaldi hereinkam.

»Hier geht's ja zu wie auf dem New Yorker Hauptbahnhof, Doktor«, bemerkte der Sicherheitschef.

»So ähnlich«, stimmte ihm Franklin zu. Er drehte den Kopf in Richtung Lennier, der noch bewußtlos war. »Es ist weniger die Anzahl der Patienten, die mich beunruhigt, als die Sorte.«

Garibaldi musterte Lenniers Handgelenk. »Der hat sich wohl beim Rasieren geschnitten?«

»Er hat seine Hand in einen Spiegel gestoßen. Vor Wut, schätze ich.«

»Vor Wut? Der?« Garibaldi schüttelte sich vor gespielter Furcht. »Jetzt hat er allen Grund, sich Sorgen zu machen.«

»Wie das?« wollte Franklin wissen.

»Sieben Jahre Pech«, erklärte Garibaldi.

Auf seinen Rundgängen begegnete Garibaldi überall das Chaos. Er war soweit, daß er seine beiden Übeltäter, Martin und Kristian, wieder freilassen mußte. Ungern zwar, aber er hatte praktisch keine Wahl. Er konnte einfach nicht genug Leute für die Patrouillen abstellen. Auf jeder Ebene der Station trafen Angehörige der unterschiedlichsten Rassen aufeinander – und das bedeutete, daß es überall Ärger gab.

Jede Sorte Ärger war vertreten, von kleineren Streitigkeiten über Raufereien bis zu regelrechten Schlachten, die für die Beteiligten bei Dr. Franklin im Med-Lab endeten.

Garibaldi war fast erleichtert, als er die Krankenstation verließ. Die zahlreichen Verletzten dort legten irgendwie Zeugnis von seinem Versagen als Sicherheitschef ab. Er machte sich auf den Weg zu einer anderen, wie er hoffte, ruhigeren Ebene der Station. Es war an der Zeit, in die Rolle des Schnüfflers zu schlüpfen. Eine Aufgabe, die ihm noch mehr Spaß machte als die des Sicherheitsoffiziers.

Martina Coles reagierte nicht auf sein Klingeln. Nachdem er eine Weile gewartet und zu seiner Beruhigung festgestellt hatte, daß sich niemand sonst auf diesem Korridor aufhielt, machte sich Garibaldi daran, einen regelrechten Einbruch zu begehen. Doch im selben Moment öffnete sich die Tür ganz von alleine.

Da stand die zierliche schwarze Gestalt der Martina Coles und musterte ihn mit eisern verschlossener Miene.

»Wollten Sie gerade hier einbrechen?« fragte sie.

»In der Tat«, antwortete Garibaldi, huschte an ihr vorbei und betrat das Quartier. »Ich gehöre tatsächlich zu den wenigen Leuten auf der Station, die dazu befugt sind – wenn es die Situation erfordert.«

»Und, erfordert es die Situation?« fragte Martina unterkühlt.

»Nun«, begann Garibaldi, während er sich umsah, »die Sache ist die: Ich bin der Sicherheitschef von *Babylon 5*, und im Moment haben wir ein Sicherheitsproblem. Und ich fürchte, Sie könnten etwas mit diesem Problem zu tun haben.« Er lächelte sie gelassen an. »Würden Sie gerne etwas mit seiner Lösung zu tun haben?«

»Ich habe keine Ahnung, wovon Sie reden. Gehen Sie bitte.«

»Geht leider nicht«, insistierte Garibaldi. Sein Feingefühl ließ ihn im Stich. »Ich muß Ihnen nur ein paar Fragen stellen.«

Martina stand kerzengerade vor ihm. Sie verschränkte die Arme vor der Brust.

»Nun gut. Fragen Sie. Und dann verschwinden Sie.«

Garibaldi schnalzte mißbilligend mit der Zunge. »Nicht vergessen, Sie sollten auf unserer Seite sein. Und überhaupt, Sie haben doch einen Vertrag mit *Babylon 5*, oder?«

»Das war nicht meine Idee.«

»Haben Sie überhaupt jemals eigene Ideen? Ihr Typen macht doch immer nur, wozu Ihr vertraglich verpflichtet seid, stimmt's? Wissen Sie, die letzte von der Sorte, die wir hier hatten, Talia Winters hieß die Lady, hat sich als Spitzel entpuppt. Und wie steht's mit Ihnen? Sind Sie auch'n Spitzel?«

»Ich wollte diesen Auftrag nicht. Ich bin auf dem Weg zum Omega-Sektor.«

»Klar doch. Aber es ist schon komisch, daß Sie genau in dem Moment hier aufgetaucht sind, als diese Psycho-Seuche ausbrach. Finden Sie das nicht auch komisch?«

Als Martina nicht antwortete und ihn nur mit zusammengekniffenen Lippen anstarrte, fügte er hinzu: »Kein bißchen?«

Martina fixierte ihn weiter eiskalt; Garibaldi wurde das Gefühl nicht los, daß ihre Aufmerksamkeit nicht alleine ihm galt. Sie schien gegen irgend etwas anzukämpfen. Zuerst dachte Garibaldi, daß vielleicht noch jemand im Zimmer war, aber dann wurde ihm klar, daß sie gegen sich selbst anging. Sie fing an zu zittern, versuchte, Tränen zurückzuhalten.

»Bitte . . . gehen Sie«, brachte sie heraus.

»Moment mal.« Garibaldi machte sich jetzt ernsthafte Sorgen. »Stimmt was nicht? Kann ich was für Sie tun?«

Sie schluchzte kurz auf und brach dann plötzlich zusammen.

»Was zum –« Garibaldi sprang zu ihr. Ihre Haut fühlte sich kalt an.

Vorsichtig hob er sie hoch und legte sie auf das Bett. Einen Moment lang sah er auf sie hinunter.

»Hab' ich vielleicht was Falsches gesagt?« fragte er sich selbst laut.

Dann rieb er sich die Hände und durchsuchte ihre Unterkunft gründlich nach einer Art Funkgerät oder nach verdächtigen Gegenständen anderer Art.

Er fand nichts.

»Nun, Lady«, meinte er und sah auf die Telepathin hinab, die sich allmählich wieder regte, »sieht so aus, als müßte ich Sie von meiner Liste streichen, vorerst jedenfalls.«

Er schüttelte sie ein wenig. »He, sind Sie in Ordnung?«

Martina Coles schlug die Augen auf und erstarrte. Mit einem Ruck setzte sie sich auf.

»Bitte, lassen Sie mich alleine«, bat sie und vermied es, ihn dabei anzusehen.

»He, ich wollte nur behilflich sein.«

»Ich wette, es hat Ihnen sehr geholfen, daß ich in Ohnmacht gefallen bin. Sie haben die Gelegenheit sicher dazu benutzt, mein Quartier zu durchwühlen.«

»Allerdings.«

»Gut. Dann verschwinden Sie jetzt endlich.«

»Erst wenn Sie mir erklärt haben, wieso Sie in Ohnmacht gefallen sind.«

»Das . . . passiert mir öfter.«

Garibaldi schwieg einen Augenblick. »Sind Sie sicher, daß es nichts anderes war? Vielleicht hat irgendwas versucht, sich in Ihre Gedanken zu schleichen? Wie . . . ein Wurm zum Beispiel?«

»Nein«, entfuhr es ihr. Aber Garibaldi konnte sehen, daß sie Angst hatte. »Ich –«

»Ja?«

Martina holte tief Luft. Sie bebte am ganzen Körper. »Ich . . . habe nach Captain Sheridans Sitzung im Konferenzraum einen jungen Minbari angerempelt. Seine Gefühle waren sehr intensiv. Ich habe ... aus Versehen ... seine Gedanken gelesen.«

»Und?«

»Das ist nicht einfach für mich. Ich scanne sonst nur Menschen.«

Garibaldi übte sich in Geduld.

Wieder holte sie flatternd Luft. »Er war ... so voller Haß. Gefährlich kurz davor auszubrechen. Dieser Haß kam aus der Tiefe seines Unterbewußtseins. Sie wissen noch, was ich auf der Sitzung über Angst gesagt habe?«

»Ja.«

»Ich denke, unter normalen Umständen würde dieser Minbari nicht einmal daran denken, jemandem weh zu tun. Das wäre wider seine Natur. Und wenn so etwas schon jemandem passieren kann, der normalerweise so friedlich veranlagt ist ...«

»... dann stecken wir hier bald alle in ziemlich großen Schwierigkeiten«, beendete Garibaldi den Satz.

»Ganz genau.« Man konnte sehen, wie angespannt sie war. »Bitte, lassen Sie mich jetzt einfach allein.«

»In Ordnung«, nickte Garibaldi. Er wandte sich zum Gehen, drehte sich aber noch einmal um und fügte hinzu: »Wenn Sie irgendwann mit mir über irgendwas reden wollen – Anruf genügt.«

Sie hielt wortlos den Blick gesenkt, dann quittierte sie das mit einem kurzen Nicken. »Vielen Dank«, sagte sie leise, aber nicht weniger unterkühlt als zuvor.

12

»Das wär's. Mehr hab' ich nicht«, schloß Garibaldi in Sheridans Büro seinen Bericht.

Sheridan wiegte den Kopf. »Das heißt, sie weiß etwas, hat aber zuviel Angst, darüber zu reden – oder man hat ihr befohlen, nichts zu sagen.«

»Ich tippe eher auf ersteres«, meinte Garibaldi.

»Wir verlassen uns erst mal auf Ihren Instinkt. Aber wenn sie etwas über diesen Wurm weiß, will ich das erfahren.«

Garibaldi nickte. »Im Moment gibt es keinen Tumult auf der Station. Aber ich muß Ihnen leider mitteilen, daß meine Sicherheitsleute voll ausgelastet sind. Ein paar haben seit sechsunddreißig Stunden nicht mehr geschlafen. Sie haben zwei oder drei Schichten hintereinander geschoben. Wir sind wie ein voll aufgeblasener Ballon – kurz vor dem Platzen.«

»Netter Vergleich«, kommentierte Sheridan. »Ich wünschte, ich könnte sagen, daß Hilfe unterwegs ist. Aber wir sind leider auf uns selbst gestellt. Die von Earth Central haben sich nicht gerade deutlich ausgedrückt. Ich habe lediglich herausbekommen, daß sie keine Truppen haben, die hier sein könnten, bevor uns der Wurm erreicht.« Sheridan brachte ein vages Lächeln zustande. »Ich kann bei den Nachrichten von Earth Central inzwischen ganz gut zwischen den Zeilen lesen. Und ich werde den Eindruck nicht los, daß die der Wurm genauso beunruhigt wie uns. Sie haben keine Ahnung, was er ist oder was er vielleicht sein könnte. Und das jagt ihnen eine Heidenangst ein.«

»Nur, bei denen klopft das Ding nicht in zwei Tagen an die Tür«, seufzte Garibaldi.

»Nein«, entgegnete Sheridan, »aber bei uns.«

Sein Com-Link piepste.

»Captain?«, meldete sich Ivanova, »Wir können jetzt eine Sonde rausschicken. Wollen Sie zusehen?«

»Wir sind gleich da«, erklärte Sheridan und stand auf; Garibaldi begleitete ihn.

Ivanova, Sheridan und Garibaldi verfolgten in der Kommandozentrale auf Ivanovas Bildschirm, wie die Techniker die wissenschaftliche Sonde zum Abschuß vorbereiteten. Sie gehörte zu den größten Modellen, die ihnen zur Verfügung standen, und die Techniker hatten noch ein paar Modifikationen vorgenommen.

»Wir haben zusätzliche Scanner installiert«, berichtete Ivanova. »Sie unterscheiden sich zwar nicht von denen auf der Station, aber wir haben ihren Meßbereich ausgedehnt. So erhalten wir genauere Werte, wenn die Sonde nah an den Wurm herankommt. Anders ausgedrückt, wir könnten Informationen erhalten, zu denen wir von *Babylon 5* aus keinen Zugang haben.«

Einer der Techniker an der Startrampe gab Ivanova ein Handzeichen. Dann entfernten sich alle Techniker aus dem Umfeld der Sonde.

Ivanova änderte die Einstellungen an ihrem Bildschirm und das grün schimmernde Band des Wurmes erschien.

»Bereit?« fragte Ivanova.

»Immer bereit«, unkte Garibaldi.

Ivanova erteilte den Befehl zum Start der Sonde, und kurz darauf wurde ein kleiner Lichtpunkt am unteren Rand des Bildschirms sichtbar. Er beschrieb eine Kurve, um sich von der Anziehungskraft der rotierenden Station zu befreien. Die Antriebsraketen der Sonde blitzten ein paarmal auf, und einen Augenblick später flog sie geradewegs in Richtung Wurm.

»Wie lange dauert es, bis die Sonde den Wurm erreicht?« wollte Captain Sheridan wissen.

»Bei Höchstgeschwindigkeit fünf Stunden.«

Sheridan betrachtete den kleinen Lichtpunkt. »Geben Sie mir Bescheid, wenn es soweit ist!« wies er sie an.

»Selbstverständlich, Captain«, bestätigte Ivanova.

»Und lassen Sie für den Fall der Fälle eine zweite Sonde mit denselben Instrumenten ausrüsten.«

»In Ordnung«, antwortete Ivanova.

Fünf Stunden später versammelten sich die drei erneut um Ivanovas Bildschirm. Der kleine Lichtpunkt war vor dem Hintergrund des leuchtenden grünen Bandes längst unsichtbar geworden. Nur die Daten, die auf den benachbarten Monitoren angezeigt wurden, gaben Ivanova die nötigen Auskünfte.

»Kann die Sonde auch Bilder übertragen?« fragte Captain Sheridan.

»Ja«, bestätigte Ivanova. »Aber erst, wenn sie ganz nah dran ist. Ich dachte, uns würde interessieren, ob dieses grüne Band aus einzelnen Teilchen besteht.«

»Und wenn's nicht funktioniert, finden wir's in vierzig Stunden eh raus«, bemerkte Garibaldi trocken.

Ivanova konzentrierte sich ganz auf ihre Anzeigen. »In zwei Minuten erreicht die Sonde ihr Ziel. Den Meßdaten zufolge ist der Wurm ... vierzehn-Komma-sieben Millionen Kilometer lang und achthundertfünfunddreißig Kilometer breit. Das ist alles, was wir kriegen.«

Sheridan klatschte seine Faust in die Hand. »Das kann doch unmöglich alles sein.«

»Das möchten wir gerne glauben«, meinte Ivanova.

»Sind in diese Sonde auch Waffen integriert?« fragte Garibaldi halb im Scherz.

»Nein«, antwortete Ivanova.

»Wie schade«, seufzte Garibaldi. »Damit hätten wir diesen Wurm hübsch piesacken können. Das hätte ihn vielleicht ein bißchen in Fahrt gebracht.«

»Das heben wir uns lieber für später auf«, bemerkte Captain Sheridan.

»Im Ernst?« staunte Garibaldi.

»Absolut«, erwiderte der Captain. »Dieses Ding bewegt sich auf meine Station zu, und ich will wissen, was es ist. Warum sollten wir dem Löwen nicht eine kleine Mücke schicken, um ihn zu stechen?«

»Ich werde mein Bestes tun«, erklärte Ivanova. Ihre Augen waren noch immer auf die Anzeigen gerichtet.

»In dreißig Sekunden haben wir ein Bild«, kündigte sie an.

»Gibt es sonst noch etwas?« wollte Captain Sheridan wissen.

»Augenblick noch, dann vielleicht . . .«, meinte Ivanova. Dann fuhr sie fort: »Visuelle Übertragung in fünf Sekunden . . . vier . . . drei . . . zwei . . . eins . . . *jetzt.*«

Der Bildschirm neben der Datenanzeige schaltete sich ein und zeigte blinkende Sterne vor dem schwarzen Hintergrund des Alls.

»Na, wo isser denn?« ließ sich Garibaldi vernehmen.

Ivanova runzelte die Stirn und überprüfte ihre Anzeigen. »Den Instrumenten zufolge ist *das* der Wurm.«

»Sind seine Teilchen vielleicht so weit voneinander entfernt, daß wir durch sie hindurch sehen?« schlug Captain Sheridan vor.

»Augenblick . . .«, sagte Ivanova. Sie gab einen Befehl, und der Bildausschnitt vergrößerte sich, nur um denselben Anblick aus größerer Entfernung zu präsentieren.

»Wieso sehen wir das Ding nicht?« wunderte sich Garibaldi und warf einen Blick aus dem Fensterrund auf das grüne Lichtband vor der Station.

»Gute Frage«, antwortete Ivanova abwesend. »In einer Minute dringt die Sonde in den Wurm ein.«

»Den sie vermessen, aber nicht visuell aufnehmen kann«, ergänzte Sheridan, während Ivanova den Bildschirm auf unterschiedliche Frequenzen einstellte.

»Richtig«, erklärte sie. »Ich habe gerade alle möglichen Einstellungen durchprobiert. Von ultraviolett bis infrarot: nichts.«

Das Bild zeigte jetzt wieder die Sterne vor schwarzem Hintergrund.

Ivanova startete einen neuen Countdown. »Fünf Sekunden bis zum Kontakt«, begann sie, den Blick fest auf ihre Anzeigen gerichtet. »Vier . . . drei . . . zwei . . .«

Sheridan und Garibaldi starrten gebannt auf den Bildschirm.

»Eins ... *Kontakt.*«

Ivanova blickte von ihren Displays auf zum Bildschirm. »Sehen Sie irgend etwas?« fragte sie.

Garibaldi deutete auf eine Ecke des Monitors. »Die acht Sterne da drüben sehen wie 'ne Giraffe aus, wenn man Striche von einem zum anderen zieht«, sagte er.

Captain Sheridan richtete sich auf. Die Wut stand ihm ins Gesicht geschrieben. »Ich habe langsam genug von Ihren blöden Witzen, Garibaldi«, schimpfte er.

Garibaldi sah den Captain an und fühlte seinerseits Zorn in sich hochkochen. Als er seine Hände zu Fäusten ballte, trat Commander Ivanova zwischen die beiden. »Ich glaube, Sie könnten beide etwas Ruhe vertragen.« Sie wandte sich an den Captain. »Wie lange ist es her, daß Sie zum letztenmal geschlafen haben?«

Auf Sheridans Gesicht verdrängte Erschöpfung die Wut. »Zu lange. Sie haben recht.«

Auch Garibaldis Zorn flaute ab, wie er gekommen war. Schon tat ihm die Sache leid. »Entschuldigen Sie, Captain.«

»Sie brauchen sich nicht zu entschuldigen. Wir sind müde und genauso angegriffen wie jeder hier. Er wandte sich an Ivanova und sagte: »Machen Sie eine zweite Sonde bereit. Aber diesmal eine bewaffnete. Nichts Besonderes. Sie soll das Ding da draußen höchstens betäuben können. Wie gesagt, der Wurm soll von einer Mücke gestochen werden.«

»Ich hoffe nur, das funktioniert«, seufzte Ivanova.

13

Das trinokularische Film-Fest war der jüngsten Unruhe zum Trotz bislang ohne Zwischenfälle verlaufen. Immerhin hatten die Trivorianer diesem Ereignis fünf Jahre lang entgegengefiebert.

Sie waren stolz, daß es auf *Babylon 5* stattfand. Auf Trivorian waren schon kleinere Film-Festivals abgehalten worden, aber dort gab es nur wenige Cineasten. Deshalb hofften die Trivorianer, ihre noch junge Filmkunst einem breiteren Publikum vorstellen zu können. Außerdem war eine Menge Geld mit den Eintrittsgeldern zu verdienen.

Deshalb konnte sie nichts – schon gar nicht so eine Kleinigkeit wie ein geisterhafter Wurm oder der Ausbruch einer Alptraumseuche – von ihrem Vorhaben abbringen. Dazu kam, daß sie in ihrer Aufrichtigkeit (manche hielten es auch für Dummheit) den Käufern der Eintrittskarten eine Geld-zurück-Garantie gewährten.

T. Tato, der Präsident der trivorianischen Filmförderung und Vorsitzende des Festival-Komitees, richtete gerade von der Bühne des Filmtheaters das Wort an sein Publikum. Heute war nur die Hälfte der Plätze besetzt, obwohl einer der Höhepunkte des Programms angesagt war: »Wolken«, ein Experiment des avantgardistischen Filmemachers T. Too. Der hatte eine ganze Woche in der Stratosphäre von Trivorian verbracht und die sich bildenden und auflösenden Wolken gefilmt, die ihn buchstäblich eingehüllt hatten. Das allein war bereits eine eindrucksvolle Leistung – aber das wahre Kunststück hatte Too erst im Schneideraum vollbracht. Er hatte diese Wolkenbilder zu Metaphern für Leben und Tod zusammengefügt, indem er zeigte, wie sie sich von winzigen Wölkchen zu richtigen Wolken entwickelten und schließlich in einem Gewitter ihr unausweichliches Ende fanden. Als T. Tato diesen Film zum erstenmal gesehen hatte, waren ihm die Tränen gekommen. Für einen Trivorianer war das nicht nur ungewöhnlich, sondern sogar gefährlich. Die Augen der Trivorianer, groß wie Untertassen, von denen eines in der Mitte, unterhalb der beiden anderen, angeordnet war, produzierten nämlich wahre Sturzbäche von Tränen. Deshalb stellte das Weinen für das untere Auge eine große Gefahr dar, wurde es dabei doch von den salzigen, ätzenden trivorianischen Tränen überschwemmt.

Trug ein Trivorianer eine Klappe über diesem dritten Auge, war das ein sicheres Zeichen für seine Empfindsamkeit. In jungen Jahren hatte sich T. Tato selbst gerne mit einer solchen Augenklappe gezeigt, obwohl sein drittes Auge ganz in Ordnung war.

Aber zurück zu dem Problem, mit dem er jetzt zu kämpfen hatte – einem gewichtigen Problem.

T. Tato stand also auf der Bühne vor der Leinwand und bat inständig um Ruhe. »Sie werden gleich das vollendetste Werk des großen Too sehen!« rief er der grölenden Meute im Saal zu. Das Publikum bestand je zur Hälfte aus Trivorianern und Angehörigen anderer Spezies. Von diesen benötigten die meisten ein spezielles Sichtgerät, das es Zweiäugigen erlaubte, wie Dreiäugige sehen zu können. Momentan benutzten die meisten diese sperrigen, schweren Sichtgeräte allerdings als Wurfgeschosse.

»Bitte!« flehte T. Tato und reckte seine drei Arme in die Höhe. »Bitte, behalten Sie doch Platz. Der folgende Film ist wahrscheinlich der Höhepunkt des Festivals.«

Ein trivorianischer Zuschauer wurde von einem Sichtgerät am Kopf getroffen und sank bewußtlos zu Boden.

T. Tato stöhnte vor Aufregung. Er befürchtete, sein Film-Fest, das so langer Vorbereitung bedurft hatte und von dem so viel abhing, würde in einer Katastrophe enden, und damit sein Scheitern besiegeln (und seinen Bankrott). Verzweifelt gab er dem Vorführer in seinem Raum oberhalb der Zuschauer ein Handzeichen.

»Starten Sie den Film! Starten Sie!« schrie er, da traf auch ihn ein Sichtgerät am Kopf.

Inmitten des Krawalls ging das Licht aus, und der Film »Wolken« begann.

Die Anwesenden stritten weiter, ohne sich dabei vom Vorspann ablenken zu lassen. Als aber der Film selbst anfing, wurde es auf wundersame Weise still im Saal. Die übelsten Störenfriede hielten die erste Reihe besetzt. Jetzt tasteten sie auf dem Boden nach ihren Sichtgeräten und setzten sie auf. Sanfte Musik erklang, als sich auf der dreigeteilten Leinwand ein kleines Wölkchen Wasserdampf mit dem gelben Schwefel der trivorianischen Atmosphäre vermischte. Es tanzte anmutig durch die Luft und wuchs dabei immer mehr, bis es wie ein mächtiger Berg am gelben Himmel von Trivorian thronte.

»Hurra!« jubelte ein trivorianischer Zuschauer.

»Ruhe!« brüllte ein Narn zurück, der nicht wußte, daß es bei den Trivorianern üblich war, auf diese Weise einem Film Beifall zu zollen.

Ein unglückseliger Trivorianer mischte sich ein. »Sie demonstrieren lediglich, wie ungebildet Sie sind«, tadelte er den Narn.

»Ich zeige dir gleich, wer hier ungebildet ist«, drohte ein zweiter Narn, riß sich das Sichtgerät vom Kopf und schleuderte es nach dem Trivorianer.

»Ruhe da vorne!« forderte ein Centauri aus der letzten Reihe. Als ihm niemand Beachtung schenkte, stand er auf und versetzte seinem Sitznachbarn einen Faustschlag, der darauf wiederum auf einen Dritten einprügelte.

T. Tato stieg in Panik zurück auf die Bühne und bat um Ruhe, während der Film auf der dreigeteilten Leinwand hinter ihm weiterlief.

»Bitte! Genießen wir doch dieses Kunstwerk.«

»Ist doch eh nur Quatsch!« schrie ein Zuschauer; es gelang ihm tatsächlich, die übrigen Streitenden zu übertönen. Was als Meinungsverschiedenheit begonnen hatte, war in einen regelrechten Aufruhr ausgeartet.

Als dieser Aufruhr etwa eine Stunde später abgeflaut war, saß T. Tato wie betäubt in dem verwüsteten Filmtheater. Kleine Rauchwölkchen stiegen von einigen Sitzen auf, die angezündet und später von den Sicherheitsleuten gelöscht worden waren. Ein paar andere Sitze waren aus ihrer Verankerung gerissen und auf einen wachsenden Stapel geworfen worden.

Irgend jemand hatte es sogar geschafft, den Sitz zu verwüsten, der eigens für den Filmkritiker vom Planeten Cotswold gebaut worden war: ein mit knapp zweitausend Litern Wasser gefülltes Aquarium. Dieser Jemand hatte das Glas auf einer Seite eingeschlagen, was die Evakuierung des Kritikers erforderlich gemacht hatte. Der würde bestimmt nichts Gutes schreiben, hatte T. Tato gedacht.

Tato selbst war mit unzähligen Sichtgeräten beworfen worden, die jetzt wie Warzen aus seinen drei Armen ragten. Eines steckte sogar in seinem Kopf. Mit einer Hand umklammerte er ungefähr hundert Quittungsabschnitte über die Erstattung des Eintrittspreises; etwa hundert weitere lagen um ihn herum auf dem Boden verstreut.

»Oh, nein«, stöhnte T. Tato.

»Ich fürchte, Sie haben's noch nicht überstanden, mein Freund«, sagte Garibaldi, der breitbeinig neben ihm stand und sich Notizen machte. »Ihre Leute werden die entstandenen Schäden ersetzen müssen.«

»Oh, nein«, klagte T. Tato wieder. »Wir werden nie wieder so eine Veranstaltung organisieren können. Hier wurde ein Traum zunichte.«

Garibaldi nickte ihm mitfühlend zu und machte weiter Notizen. Er erstellte eine Liste der zerstörten Gegenstände. »Drei Kronleuchter«, murmelte er. »Eine dreiteilige Leinwand, Sonderanfertigung, ein trivorianischer Filmprojektor mit drei Linsen . . .«

»Oh, nein!« jaulte T. Tato jetzt. »Die haben sogar den Projektor zerstört?«

»Darauf können Sie wetten«, bestätigte Garibaldi. »Den haben sie durch die Scheibe aus dem Vorführraum katapultiert, und den Vorführer gleich hinterher. Der will Sie übrigens verklagen. Hoffentlich sind Sie gut versichert.«

»Versichert? Ahhhh!«

Während T. Tato noch jammerte, entfernte Garibaldi vorsichtig eines der Sichtgeräte vom Kopf des Komitee-Vorsitzenden und probierte es auf.

»He«, fragte Garibaldi und starrte durch das Sichtgerät auf die Überreste des Leinwand-Triptychons, »könnten Sie diesen Wolken-Streifen nicht noch mal zeigen? Der soll ganz große Klasse sein, hab' ich gehört.«

T. Tato schluchzte nur noch. Es war ihm gleichgültig, ob die Tränen seinem unteren Auge schadeten; die fällige Augenklappe würde er anstelle einer Tapferkeitsmedaille tragen.

14

Captain Sheridans Schlaf war unruhig. Sobald er eingeschlafen war, träumte er wieder den Traum, vor dem er sich fürchtete.

Er befand sich an einem dunklen Ort. Er wußte, es war ein Gebäude, aber nicht welches. Er tastete nach dem Boden unter seinen Füßen, der sich kalt und feucht anfühlte. Auch die Luft um ihn herum war kalt und feucht.

Wie ein Blinder, die Hände ausgestreckt, tastete er sich langsam vorwärts.

Dann stieß er gegen eine Wand, die sich genauso kalt und feucht anfühlte wie alles andere. Er drehte sich zur Seite und lief gegen eine andere Wand. Also drehte er sich wieder um und bewegte sich in der anderen Richtung an der Wand entlang.

Da spürte er, daß er zu einem Gang kam. Er streckte seine Arme seitlich aus und fand seine Vermutung bestätigt. In einiger Entfernung nahm er vage ein schwaches Licht wahr.

Vorsichtig ging er weiter. Das Licht wurde schwächer, flackerte kurze Zeit später wieder auf und ließ einen Türrahmen erkennen.

Als Sheridan ihn erreichte, fand er eine verschlossene Tür vor, hinter der augenscheinlich Licht brannte. Er tastete die Tür ab, konnte aber nichts finden, womit er sie hätte öffnen können.

Plötzlich glitt die Tür zur Seite.

Sheridan war geblendet. Er hob einen Arm vor das Gesicht. Dann versuchte er, seine Augen nach und nach an die Helligkeit zu gewöhnen.

»Treten Sie ein, Captain Sheridan.«

Er kannte die Stimme nicht, aber sie sprach im Befehlston. Er öffnete die Augen, konnte aber niemanden entdecken. Um ihn herum war nichts als Licht. Zaghaft machte er einen Schritt nach vorn, dann noch einen.

Hinter ihm schloß sich die Tür.

»Bitte, Captain.«

»Ich kann Sie nicht sehen«, sagte Sheridan.

»Sie brauchen uns nicht zu sehen, im Moment jedenfalls nicht. Treten Sie bitte vor.«

Sheridan leistete der Aufforderung Folge. Er blieb stehen, als die Stimme es ihm befahl.

Noch immer mühte er sich, in dem lichtdurchfluteten Raum etwas zu erkennen.

Jetzt konnte er mehrere Stimmen unterscheiden.

»Er ist nicht würdig«, sagte eine.

Eine andere fügte hinzu: »Er wird sich nie als würdig erweisen«.

»Er hat im Krieg gekämpft«, bemerkte eine dritte Stimme.

»Richtig«, entgegnete wieder die erste. Dann wandte sie sich wieder an Sheridan: »Sie dürfen uns jetzt sehen.«

Das Licht wurde etwas schwächer, bis Captain Sheridan die Umrisse einiger Gestalten ausmachen konnte. Aber noch immer war es zu hell, um Einzelheiten zu erkennen.

»Ich kann Sie immer noch nicht erkennen«, erklärte Sheridan.

Eine andere Stimme, die Sheridan bekannt vorkam, sprach: »Laßt ihn sehen.«

Das Licht wurde noch schwächer und Captain Sheridan konnte endlich wieder sehen. Er erkannte neun Gestalten, die im Kreis um ihn standen: Minbafi in grauen Kapuzenmänteln, Dreiecke auf der Stirn.

»Sie sind ... der Rat der Grauen?« fragte Sheridan und ließ den Blick langsam von einem zum anderen wandern. Er konnte ihre Gesichter nicht genau erkennen.

»Ja«, erwiderte eine der Gestalten. Es war die Stimme, die als erste gesprochen hatte. Sheridan blieb vor dem Wesen stehen.

»Was wollen Sie von mir?« verlangte er zu wissen.

»Die Frage lautet: Wovor haben Sie Angst?«

»Ich verstehe nicht«, erklärte Sheridan.

»Angst war die Ursache für den Krieg zwischen unseren Völkern. Niemand vermag seine Angst zu besiegen, solange er nicht weiß, *was* er fürchtet. Ich frage Sie noch einmal, Captain Sheridan: Wovor haben Sie Angst?«

»Ich weiß nicht, wie ich diese Frage beantworten soll.«

»Vielleicht doch.«

Eine der grauen Gestalten löste sich aus dem Kreis, näherte sich Sheridan von hinten und legte ihm eine Hand auf die Schulter.

John Sheridan drehte sich um und sah in die Augen von Botschafterin Delenn.

»Fürchten Sie sich vor mir, Captain?« wollte sie wissen.

»Nein, ich ... glaube nicht.«

»Er weiß es nicht«, stellte einer der anderen fest. »Er weiß nichts über sich.«

»Möglich«, bemerkte ein anderer.

»Vielleicht wird er es noch lernen.«

Im selben Augenblick wurde es wieder dunkel. John Sheridan fühlte, wie sich die feuchte Kälte wieder um ihn schloß.

»Wo sind Sie?« rief er. »Kommen Sie zurück!«

Aber die Dunkelheit verschluckte seine Worte.

Er betastete den Boden und stellte fest, daß er sich wieder am Ausgangspunkt befand. Wieder ging er Schritt um Schritt vorwärts, bis er eine Wand erreichte. Er wandte sich nach rechts und stieß gegen eine zweite Wand; dann wandte er sich nach links und ging den düsteren Gang entlang. An seinem Ende erkannte er eine leuchtende, viereckige Linie. Diesmal war es keine Tür, sondern eine in die Wand eingelassene Platte, deren Ränder beleuchtet waren.

Er betastete die Platte, fand auf einer Seite einen Spalt und versuchte, sie zur Seite zu schieben.

Doch sie rührte sich nicht vom Fleck.

Er betrachtete sie noch einmal aus der Nähe und suchte nach einem anderen Weg, die Platte zu entfernen.

Hinter ihr konnte er Delenn und die anderen sprechen hören.

Da löste sich die Platte vor ihm auf, und er blickte in einen beleuchteten Spiegel.

Er sah in das Gesicht eines Minbari.

15

Wieder fühlte Martina Coles etwas Fremdartiges in ihre Gedanken eindringen.

Auch diesmal versuchte sie, dagegen anzukämpfen. Es war nicht Kosh, der zurückgekehrt war. Der hatte ihrem Wunsch entsprochen und sie allein gelassen. Der Vorlone hatte wohl gespürt, daß sie für seinen Rat noch nicht bereit war – der bloße Gedanke jagte ihr einen Schauer über den Rücken. Wenn es in ihrer Macht stand, wäre sie nie bereit, die Gedanken eines Vorlonen, oder irgendeines Außerirdischen, zu lesen.

Das galt auch für den, der sich jetzt in ihre Gedanken stahl.

Sie wußte, daß es *das Andere* war, das Ding, das existierte und doch nicht existierte, das Ding draußen vor der Station. Der *Wurm.* Dessen war sie sich so sicher, wie sie sich sicher war, daß ihre Hand fünf Finger hatte. Ihre Augen starrten blicklos.

Laß mich in Ruhe! befahl sie; aber nichts geschah. Es war ... einfach da. Sie fragte sich, ob es sich ihrer Anwesenheit überhaupt bewußt war.

Es saß einfach in ihrem Hinterkopf; wie ein beharrliches Summen, das nicht aufhören wollte.

»Laß mich in Ruhe!« schrie Martina jetzt. Sie war dem Zusammenbruch nahe. Jedesmal, wenn sie versuchte zu schlafen, kam dieser entsetzliche Traum über sie – und wenn sie wach war, wollte dieses Summen nicht aufhören. Es ließ sie nicht los, keine Minute ...

Schmerz durchflutete ihren Körper. Sie fiel auf die Knie und umschlang ihren Kopf.

»Verschwinde ... doch ... *endlich* ...«, schluchzte sie, aber das Ding ließ nicht von ihr ab, der Wurm blieb hartnäckig.

Immer noch schluchzend, kroch sie zu ihrem Bett und legte sich hin. Sie sehnte sich nach etwas Schlaf. Sogar die Alpträume waren besser als das hier.

Sie schloß die Augen ...

... und träumte wieder ihren Traum.

Es war weniger ein Traum als eine Erinnerung, die aus den Tiefen ihres Geistes an die Oberfläche ihres Bewußtseins gezerrt wurde. Sie hatte diese Erinnerung vor langer Zeit begraben, an einem Ort, den niemand finden konnte, nicht einmal das Psi-Corps.

Ja, nicht einmal dem Psi-Corps war es gelungen, diese Tür aufzuschließen; die Tür in der entlegensten Ecke von Martina Coles Gedanken, hinter der sie ihr schwärzestes Geheimnis verbarg.

Sie war gerade sechzehn geworden. Seit das Psi-Corps sie unter seine Fittiche genommen hatte, war sie ihren Eltern nicht wieder begegnet. Und nun teilte man ihr mit, daß sie *ganz besonderen* Besuch bekommen würde.

Voller Hoffnung hatte sie geglaubt, ihre Eltern hätten die Erlaubnis erhalten, sie zu sehen. Aber als man sie vor der Tür zum Konferenzraum allein ließ, als sie hineinging und sich die Tür hinter ihr schloß, fand sie dort nicht ihre Mutter und ihren Vater, an die sie sich bis heute kaum mehr erinnern konnte, sondern jemand anderen.

Am Fenster stand eine Gestalt. Sie kehrte ihr den Rücken zu und hielt die Hände hinter dem Rücken verschränkt. Der Raum war großzügig eingerichtet. Es gab Sessel, sogar eine Couch, vor den Fenstern schwere Vorhänge.

Bereits beim ersten Anblick dieser braunen, gefleckten reptilienhaften Hände wußte sie, daß sie sich in der Gegenwart eines Außerirdischen befand. Sie war noch nie zuvor einem nichtmenschlichen Wesen begegnet. Sieben Jahre lang war sie nur von Mitgliedern des Psi-Corps umgeben gewesen – und hier stand nun ein echter, lebendiger Außerirdischer vor ihr, als wäre er soeben aus einer Abbildung in einem Buch gestiegen. Sie hatte im Laufe ihrer Ausbildung freilich einiges über die verschiedenen Rassen gelernt – aber das hier war die Wirklichkeit.

Noch ehe er sich zu ihr umdrehte, wußte sie, daß er ein Narn war. Das hatte sie an seiner reptilienhaften Art erkannt. Trotzdem erschrak sie, als sich diese Kreatur ihr zuwandte; denn offensichtlich war er etwa in ihrem Alter – und männlich.

Der Narn blinzelte. Er stand wie versteinert vor ihr und musterte sie, die Hände immer noch hinter dem Rücken verschränkt.

»Ich heiße ... N'Teth«, stellte er sich mit einer angedeuteten Verbeugung vor.

Selbstverständlich hatte ihr das Psi-Corps auch diplomatischen Takt und Benehmen beigebracht. Also verbeugte auch sie sich leicht.

»Mein Name ist Martina Coles.«

»Mar . . . tina«, wiederholte der Narn. Er ließ sich den ersten Teil ihres Namens regelrecht auf der Zunge zergehen. Dann nickte er zustimmend. »Ein schöner Name.«

Martina schluckte eine sarkastische Bemerkung hinunter und entgegnete schlicht: »Vielen Dank.«

»Möchten Sie . . . sich setzen?« fragte N'Teth und wies mit einer Hand auf die Couch.

»Gern«, antwortete Martina.

Wohlerzogen nahm sie auf dem Rand der Couch Platz. Zu ihrer Überraschung setzte sich der Narn direkt neben sie. Er legte seinen Kopf schief und betrachtete sie neugierig.

»Sie sind nicht . . . was ich erwartet habe«, erklärte er.

»Und was haben Sie erwartet?« wollte Martina wissen.

»Jemand . . . größeren. Jemanden, der . . .«, er zuckte mit den Schultern, »jemanden, der robuster ist.«

Sie konnte sich ein Lächeln nicht verkneifen. »Robuster?«

»Vielleicht habe ich mich mißverständlich ausgedrückt«, entschuldigte sich N'Teth. »Das Wort ›kräftiger‹ paßt vielleicht besser.«

Martina gab sich noch immer gleichgültig, aber innerlich schmunzelte sie amüsiert. Im Selbstverteidigungskurs hatte sie sich ausreichend Selbstbewußtsein erworben. Sie wußte, daß sie diesen Narn mit Leichtigkeit zu Boden werfen konnte – sogar drei von seiner Sorte.

»Ich verstehe«, sagte sie.

»Tatsächlich? Dann hat man es Ihnen gesagt?« N'Teth musterte sie noch eindringlicher.

»*Was* gesagt?« fragte Martina nach. Doch bereits während sie die Frage aussprach, kannte sie die Antwort. Sie konnte seine Gedanken so klar empfangen wie die jedes anderen, den sie je gescannt hatte. Als er langsam die Hand hob, um sie zu berühren, sah sie alles in seinen Gedanken und zuckte vor ihm zurück.

»Stimmt etwas nicht?« fragte er alarmiert. »Hat man Ihnen denn gar nichts gesagt? Sie glauben, daß durch eine Verbindung zwischen einem menschlichen Telepathen und einem Narn – sofern das überhaupt möglich ist – ein Nachkomme gezeugt wird ... mit Fähigkeiten, wie sie selbst das Psi-Corps noch nie gekannt hat. Natürlich war die Regierung der Narn entsetzt, als man ihr diesen Vorschlag diskret unterbreitete ... aber das hat das Psi-Corps nicht davon abgehalten, das Projekt weiter zu betreiben.«

Sie konnte alles in seinen Gedanken sehen: wie er für seine Verbrechen an Narn-Frauen eingesperrt worden war; seine von außen vorbereitete Flucht ... einfach alles. Und sie sah die schmutzigen Gedanken, die ihm gerade durch den Kopf gingen.

»Wir müssen es nicht auf die übliche Weise tun, wenn Sie darauf bestehen. Das Psi-Corps ist selbstverständlich bereit, es mit künstlicher Befruchtung zu versuchen – obwohl sie der natürlichen Methode den Vorzug geben würden.« Er setzte ein Lächeln auf, das eher wie ein boshaftes Grinsen aussah. »Und, ehrlich gesagt, ich ebenfalls. Ich freue mich schon darauf, die natürliche Methode auszuprobieren.«

Seine Hände berührten ihren Körper. Sie waren kräftiger, als sie erwartet hatte. Er hatte sie in eine Ecke der Couch gedrängt. Sie wehrte sich.

»Gut. In meiner Heimat ... leisten sie auch Widerstand ...«

Martina schlug ihm die flache Hand ins Gesicht; es gelang ihr, sich zu befreien. An der Tür drehte sie sich noch einmal um und blickte zurück. Sie sah, daß er sich erholte und wie sich die Überraschung auf seinem Gesicht in Wut verwandelte.

Also rannte sie, rannte und rannte ...

Sie rannte bis an die Grenze des Grundstücks und kletterte auf einen Baum, der ihr aus Kindertagen vertraut war. Sie wäre am liebsten weggelaufen, aber ihr war klar, daß sie das Psi-Corps früher oder später aufspüren und in den Käfig zurückbringen würde. Statt dessen entschloß sie sich zurückzukehren, aber stets auf der Hut zu sein.

Niemand erwähnte jemals wieder N'Teth. Sie sah ihn auch nie wieder. Die Frau, die sie in den Konferenzraum geschickt hatte, war am nächsten Tag verschwunden. Es war, als wäre nichts geschehen.

Also verdrängte sie die Erinnerung, verbarg sie an einem geheimen Ort, wo sie zu einem bösen Traum wurde. Und sie nahm sich vor, nie wieder die Gedanken eines Außerirdischen zu lesen, sich nie wieder solchen schmutzigen, fremdartigen Gedanken auszusetzen.

Sie erwachte schluchzend. Das beharrliche Summen des Wurmes hatte nicht aufgehört. Sie glaubte, den Verstand zu verlieren. Ihr Kopf schien ihr in einem Schraubstock zu stecken. Auf der einen Seite der Wurm, auf der anderen die Aussicht auf von Alpträumen verseuchten Schlaf ... Schlaf, der diesen Namen nicht verdiente.

Was soll ich nur tun?

Dann erkannte sie widerstrebend, daß sie nur einen Weg einschlagen konnte. Einen Weg, der sie *vielleicht* vor dem Wahnsinn bewahren würde.

Kosh, rief sie, zunächst zaghaft, dann mit Nachdruck. *Kosh, ich muß Sie sprechen. Ich glaube, ich bin bereit.*

16

»Haben Sie überhaupt geschlafen?« fragte Dr. Franklin Commander Susan Ivanova, die allzu gebannt auf ihren Bildschirm in der Kommandozentrale stierte.

»Susan, haben Sie mich verstanden?«

»Hm?« machte sie.

»Ich habe Sie gefragt, ob Sie geschlafen haben.«

»Nein, hab' ich nicht.«

»Das merkt man«, bemerkte Dr. Franklin. »Sagen Sie, was sehen Sie sich da an?«

»Die Konfiguration der zweiten Sonde. Sie startet in einer Stunde.«

»Sagen Sie mir, was Sie eben abgelesen haben!«

»Keine Ahnung«, gab Ivanova zu und löste ihren Blick von dem Monitor, um statt dessen Dr. Franklin anzustarren. Ein vages Lächeln. »Keine Ahnung. Ich habe diesen Bildschirm eine Viertelstunde lang wie ein Zombie angeglotzt. Ich brauche dringend eine Pause.«

Sie rieb sich die Augen und gähnte.

»Das genügt nicht. Kommen Sie mit.«

Franklin nahm sie an die Hand, wie ein Vater seine kleine Tochter, und zog sie hinter sich her zum Besprechungsraum. Dort erwarteten sie Captain Sheridan und Garibaldi. Der Chief hatte seinen Kopf auf der Tischplatte; die verschränkten Arme benutzte er als Kopfkissen.

»Feuern Sie, sobald Sie bereit sind!« stammelte er. Als sich die Tür hinter Franklin und Ivanova schloß, sah er auf.

»Wie Sie alle sehen können«, begann Dr. Franklin, »haben wir es hier auf *Babylon 5* mit einem echten Führungsnotstand zu tun – infolge Schlafentzug. Ich gebe Ihnen mein Wort, wenn Sie drei so weitermachen, versinkt die Station spätestens morgen im Chaos. Dann brauchen Sie nicht mehr zu schlafen, um Alpträume zu haben. Sie werden welche *erleben.* Und was Sie nicht erleben, werden Ihnen Halluzinationen vorgaukeln.«

»Sie haben recht«, pflichtete ihm Captain Sheridan bei. »Wir müssen etwas unternehmen.«

»Wie kommt's, daß *Sie* so munter aussehen, Doc?« wunderte sich Garibaldi gähnend.

»Munter ist nicht ganz der richtige Ausdruck. Aber ich habe es fertiggebracht, drei Stunden am Stück zu schlafen. Ich habe geträumt, schlecht geträumt, denselben Alptraum, der mich schon eine ganze Weile heimsucht: Ich führe eine Obduktion an einem Drazi durch, und gerade, wenn ich sein Gehirn präpariert habe, wird er wieder lebendig und will mich erdrosseln. Aber der Traum war diesmal nicht so schlimm, nur verschwommen.«

»Wie haben Sie das geschafft?« fragte Captain Sheridan eifersüchtig.

Franklin hielt zwischen Daumen und Zeigefinger eine große Tablette in die Höhe. »Eine Kleinigkeit, die ich mir in meiner Freizeit ausgedacht habe, wenn gerade keine gebrochenen Arme zu richten oder Schädelplatzwunden zu nähen waren.«

»Großer Gott«, jammerte Garibaldi, »wofür halten Sie uns – für Pferde?«

Franklin lächelte. »Ich habe versucht, das Medikament zu injizieren, aber es hat nicht funktioniert. Man kann es nur ganz altmodisch einnehmen – am besten mit einem Glas Wasser.«

»Und wenn man das Wasser nicht in einem Zug runterkippt, bleibt einem das Ding im Halse stecken, und man erstickt.«

Franklin lächelte immer noch.

»Also, was ist das, Doktor?« erkundigte sich Captain Sheridan.

»Eine Mischung aus einem leichten Beruhigungsmittel und einem Opiat. Das Opiat schwächt die Alpträume, macht sie erträglicher, und das Beruhigungsmittel sorgt dafür, daß man tief schläft.«

»Großartig. Können wir das allen auf der Station verabreichen?«

»Bedauerlicherweise nicht. Das Opiat läßt sich nur unter großem Aufwand herstellen. Und ich fürchte, es wirkt nur ein paarmal, bevor sich der Körper an das Medikament gewöhnt und es seine Wirkung verliert. Dann sind die Alpträume wieder so schrecklich wie zuvor. Aber wir gewinnen mit diesen Pillen ein wenig Zeit.«

»Wie viele Pillen können Sie herstellen?«

»Gerade genug für den Führungsstab, vielleicht noch ein paar für Mr. Garibaldis Sicherheitsmannschaft.«

»Nun, immerhin ein Zeitgewinn«, begeisterte sich Sheridan.

Franklin nickte und nahm einige Tabletten aus seiner Tasche. Er gab dem Captain, Commander Ivanova und Chief Garibaldi je zwei. »Ich schlage vor, Sie nehmen eine vor dem Schlafengehen. Schlafen Sie schichtweise – ab jetzt!« Er musterte Commander Ivanova, die kurz davor stand, mit der Pille in der Hand ohnmächtig zu Boden zu sinken. »Darf ich vorschlagen, daß Commander Ivanova beginnt?«

»Natürlich«, stimmte Captain Sheridan zu. Er schüttelte Franklin die Hand. »Das haben Sie großartig gemacht, Doktor.«

Franklins Lächeln kehrte zurück. »Und wenn Sie dafür Sorge tragen, daß Garibaldis Leute ihre Aufgabe gewissenhafter erledigen und die Bewohner der Station davon abhalten, sich gegenseitig die Köpfe einzuschlagen, bleibt mir vielleicht genug Zeit, eine bessere Lösung zu finden.«

»Arbeiten Sie weiter daran, soweit es eben geht, Doktor.«

»Das werde ich«, versprach Franklin. Er deutete auf Ivanova, die auf ihrem Stuhl schon halb weggetreten war. »Ich glaube, sie würde besser schlafen, wenn Sie ihr schnellstens eine von diesen Tabletten verabreichen würden.«

Garibaldi füllte bereits ein Glas mit Wasser aus der Karaffe, die auf dem Tisch stand.

»Zeit für süße Träume«, verkündete er, schob Ivanova eine der Pferdepillen in den Mund und goß das Wasser hinterher.

Nachdem er den Start der zweiten Sonde überwacht hatte, freute sich Captain Sheridan auf seine eigene Ruhepause. Er hatte gerade die Kommandokonsole in der Aussichtskuppel verlassen, als sich sein Com-Link meldete.

»Hier Sheridan.«

»Captain, hier spricht Garibaldi. Mir ist gerade Botschafterin Delenn über den Weg gelaufen. Sie wirkte ganz aufgelöst. Mir wollte sie nicht sagen, was sie auf dem Herzen hat, aber mit Ihnen will sie reden. Tut mir leid, Sie damit zu belästigen, aber ich habe so ein Gefühl, daß es wichtig ist. Sie wartet im Besprechungsraum auf Sie.«

»Schon gut, Chief. Tauschen wir doch unsere Pause: Sie legen sich jetzt hin und ich in drei Stunden.«

»Oh, beglückender Schlaf«, meinte Garibaldi.

Sheridan lachte. »Sie haben sich das doch nicht nur ausgedacht, damit Sie vor mir zum Schlafen kommen?«

»Ich? Ehrlich, der Gedanke ist mir gar nicht gekommen. Vielleicht beim nächsten Mal . . .«

»Sheridan Ende.«

Garibaldi hatte keinen Witz gemacht. Sheridan hatte Delenn noch nie so aufgeregt erlebt. Er vermutete, daß der Mangel an Schlaf nur zum Teil für ihren Zustand verantwortlich war. Offenbar quälte sie noch etwas anderes.

»Delenn?« Sheridan setzte sich ihr gegenüber an den Tisch. »Wo liegt das Problem?«

Delenn holte tief Luft.

»Die offizielle Botschaft unserer Regierung an die Ihre wurde noch nicht an Sie weitergeleitet, Captain. Aber das wird bald geschehen. Wie es aussieht, hat unsere Regierung den Notstand über Minbar verhängt.«

»Wie bitte?« fragte Sheridan erstaunt. »Wieso?«

»Wegen dieser Erscheinung, dem Wurm. Auf meiner Heimatwelt fürchtet man, es handelt sich hierbei um einen . . . Trick. Vielleicht das Vorspiel zu einem Krieg.«

»Aber das ist doch absurd. Niemand von uns weiß irgend etwas über dieses Ding.«

»Captain«, fuhr Delenn mit trauriger Stimme fort, »Sie wissen das, und ich weiß das. Aber hier haben wir es mit Politikern zu tun. Und Politiker halten sich nicht immer ... an dieselben Regeln wie vernunftbegabte Wesen.« Sie holte wieder tief Luft. »Ab sofort sind alle Minbari-Kriegsschiffe in höchste Alarmbereitschaft versetzt. Man ... hat darüber nachgedacht, mich nach Minbar zu beordern.«

»Etwas Schlimmeres könnte uns gar nicht passieren. *Babylon 5* ist neutral und wird von den Menschen und den Minbari gemeinschaftlich betrieben. Sie zurückzurufen wäre der erste Schritt auf dem Weg zur Kriegserklärung.«

»Ich verwahre mich mit aller Macht dagegen, die Station zu verlassen. Aber ... ich könnte unterliegen.«

»Was kann ich tun, Delenn?«

»Sprechen Sie mit *Ihrer* Regierung. Versichern Sie ihr, daß es sich hierbei um reine Vorsichtsmaßnahmen handelt. Sagen Sie ihr, soweit es mich betrifft, werden unsere guten Beziehungen dadurch nicht tangiert. Die Minbari wollen sich nur ... gegen das Unbekannte wappnen.«

»Anders ausgedrückt, der Wurm trägt die Schuld.«

»Richtig. Ich tue mein Bestes, damit die offizielle Verlautbarung der Minbari denselben Tenor hat. In ein paar Stunden werde ich mit den Mitgliedern meiner Regierung sprechen. Ihr Einverständnis vorausgesetzt, werde ich ihr mitteilen, daß *Babylon 5* auf jeden Fall neutral bleibt, was auch geschehen mag. So können wir zur Entschärfung der Situation beitragen.«

Delenn schloß für einen Moment die Augen; dann schreckte sie wieder hoch und legte die Hand vor den Mund, um ein Gähnen zu unterdrücken.

»Ich muß mich ein wenig ausruhen, bevor ich wieder mit meinen Leuten spreche«, erklärte sie.

»Haben Sie überhaupt geschlafen?«

Sie nickte. »Ein wenig. Ich ... habe immer wieder denselben schrecklichen Traum.«

»Den, in dem ich versuche, Sie zu töten?«

»Ja«, antwortete sie. Wieder schloß sie kurz die Augen. »Es ist jetzt ... doppelt so schlimm, weil es ... anscheinend ein Vorbote ...«

Sheridan schaffte es gerade noch rechtzeitig, den Tisch zu umrunden, um sie aufzufangen, als sie im Halbschlaf nach vorne sank.

»Delenn«, flüsterte Sheridan.

Sie erwachte und sah ihm in die Augen. Sie lächelte müde.

»Captain.«

Sheridan griff in seine Tasche und entnahm ihr eine von Dr. Franklins Tabletten. Er schaltete sein Com-Link ein und funkte den Doktor an.

»Doktor?« fragte er. »Kann ich Botschafterin Delenn eine von meinen Pillen geben?«

»Meinetwegen«, antwortete Franklin, ohne zu zögern. »Ja, das Medikament wirkt auf Minbari genauso wie auf Menschen.«

»Vielen Dank, Doktor.« entgegnete Sheridan und drückte Delenn die Tablette in die Hand. »Ich bringe Sie zurück in Ihr Quartier, und dann will ich, daß Sie das hier nehmen. Dann können Sie besser schlafen.«

»Ja, Captain ...« Sie nickte.

Dem Captain wurde klar, daß sie es unmöglich bis zu ihrer Unterkunft schaffen würde. Also schenkte er ihr ein Glas Wasser aus der Karaffe auf dem Tisch ein und schüttelte sie wach, lange genug, um ihr die Tablette verabreichen zu können.

»Scheußliche ... Pille«, beklagte sie sich und zog eine Grimasse.

Sheridan lachte. »Ja, aber sie läßt Sie ruhiger schlafen.«

Sie sah ihm einen Moment lang in die Augen. Dann blinzelte

sie einige Male und nickte wieder ein. »Könnte ... Sie niemals ... töten ... Captain ...«

Sheridan machte es ihr auf ihrem Stuhl so bequem wie möglich und deckte sie mit seiner Jacke zu. Er betrachtete sie im Schlaf. Sie wirkte friedlich wie ein Kind. »Und ich könnte *Sie* niemals töten, Delenn«, flüsterte er.

17

Nach drei Stunden Schlaf fühlte sich Garibaldi wie neugeboren. Der Alptraum vom Absturz auf einem fremden Planeten hatte ihn zwar wieder heimgesucht, jedoch in abgeschwächter Form: als würde er alles nur aus der Ferne beobachten.

Allen anderen auf der Station waren jedoch keine drei Stunden Schlaf vergönnt. Es ging noch immer allerorten hoch her.

Der richtige Moment, um unterzutauchen, dachte Garibaldi.

Er kramte seine sogenannte Verkleidung hervor: einen Fedora-Hut, einen Trenchcoat und ein Paar bequemer Schuhe. In dieser Aufmachung hatte er schon einmal mit Dr. Franklin in Sektor BRAUN einen Illegalen aufgespürt.

Auch jetzt suchte er wieder nach einem Illegalen: nämlich nach einem illegalen Funkgerät.

Seinen Anzeigen zufolge sendete jemand von *Babylon 5* aus unlizensierte Funksignale – und zwar von der Unterwelt aus. Garibaldi hielt es für wahrscheinlich, daß die Erdzentrale auf diesem Wege über alles, was auf der Station geschah, auf dem laufenden gehalten wurde. Er mußte nur das Funkgerät finden, dann hatte er auch den dazugehörigen Spion.

Garibaldis erste Station war das *Wet Rock*, eine Bierbude. Das fettige Essen hier war noch ekliger als das Spülwasser.

Er stolperte geradewegs in eine Rauferei.

Ein Körper flog an ihm vorbei, und Garibaldi vernahm ein

grunzendes Geräusch, als dieser flach auf einem Tisch landete, der unter seinem Gewicht zusammenbrach.

»Na, toll«, meinte Garibaldi. »Geht das schon wieder los.«

Er fing den nächsten, der in seine Richtung flog, auf – ein betrunkener Mensch. Er schlug wild um sich, um wieder loszukommen. Garibaldi kannte den Kerl. Er war ein Dockarbeiter, der – welche Überraschung – schon einmal im Suff eine Rauferei vom Zaun gebrochen hatte.

»Schon gut, Lauro. Was liegt an?« zischte Garibaldi dem Betrunkenen ins Ohr.

»Lammich los! *Lammich*!« nuschelte Lauro und ließ seine Arme kreisen. Er wollte sich wieder ins Getümmel werfen, das in einer Ecke des Wet *Rock* munter weitertobte: Ein paar Menschen hatten einen Narn eingekreist, der diese, rasend vor Wut, einen nach dem anderen in alle Richtungen schleuderte.

»Dieser . . . Narn hat gemeint, wir taugen nix.«

»Da hat er vermutlich recht«, sagte Garibaldi und schleppte den Mann zum nächsten Tisch, hob einen Stuhl vom Boden auf und setzte Lauro darauf.

»Wir müssen miteinander reden, Lauro«, erklärte Garibaldi.

»He, du bis' doch . . .« Lauro machte Anstalten, Garibaldi genauer zu betrachten.

»Ganz genau. Und wenn du nicht wieder hinter schwedische Gardinen willst, solltest du mir lieber erzählen, was ich hören will.«

Sie wurden unterbrochen, als ein weiterer Körper über den Boden schlitterte.

Garibaldi drehte sich um und sah zu, wie er unter einem Tisch verschwand.

»Tor!« rief er und wandte sich wieder Lauro zu, der gerade einschlafen wollte.

»Aufwachen!«, befahl Garibaldi und stieß ihn an.

»Häh?«, machte Lauro und glotzte Garibaldi wieder an. »Ach ja, was willsten wissen?«

»Ich suche ein Funkgerät. Ein illegales.«

»Ich hab' überhaupt keine Ahnung nich'. Nur müde. Sonst nix. Will schlafen, aber nich' träumen. Verstehste?«

»Ja, ich verstehe schon«, bestätigte Garibaldi. »Aber was ich wirklich wissen will, ist, wo ich hier unten ein Funkgerät finde.«

»Frag Harry.«

»Harry? Harry wer?«

»Harry . . .«

Lauro nickte wieder ein, aber ein anderer landete unsanft auf seinem Rücken. Das brachte ihn wieder hoch.

»Bleib mir vom Leib! Scheiß Außerirdische«, zeterte er, aus seinen Träumen gerissen.

Garibaldi langte über den Tisch und packte den Dockarbeiter am Kragen.

»Wie heißt Harry mit Nachnamen?« verlangte er zu wissen.

»Harry? Wieso, Harry Chase natürlich.«

Lauro sackte in sich zusammen, und während Garibaldi seinen Oberkörper noch auf die Tischplatte gleiten ließ, fing er bereits an zu schnarchen.

»Zieh Leine . . . Außerirdischer . . .« murmelte er noch.

Garibaldi stand auf und sprang über einen weiteren Körper, der über den Boden rutschte und unter dem nämlichen Tisch landete wie sein Vorgänger. Ein erstauntes Grunzen wurde laut, gefolgt von leisem Schnarchen.

Garibaldi warf einen Blick auf das fortgesetzte Handgemenge in der Ecke. Er überlegte sich kurz, ob er eingreifen sollte, machte dann aber eine wegwerfende Geste und ging hinaus.

Harry Chase würde er schon auftreiben können.

Chase hatte einen Laden im untersten Teil der Unterwelt. Eine gefährliche Gegend, jeder wußte das, aber Chase gefiel es so. Es gab ihm die Sicherheit, daß ihn nur ernsthaft interessierte Kunden aufsuchten – und das gefiel Chase nicht weniger.

Harry Chase war ein vorsichtiger und schlauer Bursche. Manche behaupteten, daß er an der Entwicklung der Schwarzlicht-Technologie beteiligt war, einer elektronischen Tarnvorrichtung der Earthforce. Damit konnte man das Licht um einen Gegenstand herumleiten und ihn so unsichtbar machen. Manche erzählten, daß er für die Earthforce noch an anderen Sachen gearbeitet hatte, an noch geheimnisvolleren Projekten. Garibaldi war geneigt, diese Gerüchte nicht allzu ernst zu nehmen, besonders weil sie in der Mehrzahl auf Harry Chase selbst zurückzuführen waren. Er rührte permanent die Werbetrommel für sich selbst. Jemand, der wirklich mit derartigen High-Tech-Projekten vertraut wäre, würde das nie tun. Ein solches Verhalten wäre ebenso dumm wie gefährlich.

Aber Harry war ein Profi in seiner Branche. Und seine Branche war, bestimmte elektronische Geräte von einer Hand an eine andere weiterzureichen. Er war schlicht und einfach ein Hehler – wenn es Michael Garibaldi auch nie gelungen war, ihn zu überführen.

Garibaldi kam an zwei Raufereien zwischen Angehörigen unterschiedlicher Völker vorbei sowie an drei Typen, die einen vierten verprügelten, der sich als Drazi entpuppte. Garibaldi jagte sie in die Flucht, indem er seinen Ausweis präsentierte.

Er klopfte an die klapprige Tür, die zu Chases sogenanntem Salon führte – einem Raum voller Schrott mit Löchern in den Wänden. Als sich niemand rührte, stieß Garibaldi die Tür auf und trat ein.

Drinnen erwartete ihn eine Überraschung. Der Raum war leer, sämtliche Ausrüstungsgegenstände und Gerätschaften waren verschwunden. In einer Ecke war ein Stoß Gebrauchsanweisungen aufgestapelt gewesen. Sogar der war nicht mehr da.

»He, Harry?« rief Garibaldi und lauschte dem Echo seiner Stimme in dem leeren Raum.

Durch eine Tür im hinteren Teil des Raumes kam ein Geräusch. Die Tür führte in völlige Finsternis.

Garibaldi zog seine Waffe.

»Harry Chase?« rief er. »Hier ist Garibaldi. Komm mit erhobenen Händen raus!«

Wieder hörte er ein Rasseln von hinten. Die Waffe im Anschlag, trat er durch die Tür in die Dunkelheit. Er war auf alles gefaßt.

Als jemand einfach durch die morsche Wand brach, traf Garibaldi ein blendender Lichtstrahl.

»He!« schrie Garibaldi und hechtete hinter der Gestalt her, die versuchte, sich in einen benachbarten Gang zu retten.

Garibaldi packte einen Schuh und wurde mit Fußtritten eingedeckt. Er bekam die um sich schlagende Gestalt in den Griff, indem er ihr seine Waffe zeigte.

»Nicht bewegen!« befahl er.

Aber die Gestalt zappelte noch immer. »Oh, nein, oh, nein«, stöhnte sie.

»Umdrehen!« rief Garibaldi und lockerte seinen Griff ein wenig, damit sich die Gestalt unter ihm auf den Rücken drehen konnte.

Es war ein junges Mädchen mit verfilzten Haaren.

»Ich wollt' nix anstellen, Mann. Nur was zu essen suchen.«

»Wo ist Harry Chase?« fragte Garibaldi.

»Weg. Ach, bitte, nix sagen, daß ich in seinem Laden war, Mister. Bitte nicht.«

»Ich werd' es ihm nicht sagen«, versicherte Garibaldi und steckte seine Waffe weg. »Weißt du, wo Harry hingegangen ist?« fragte er das Mädchen mit dem schmutzigen Gesicht.

»Weg«, wiederholte sie nur. »Raus hier. Weg.«

»Meinst du, Harry hat die Station verlassen?« bohrte Garibaldi weiter.

»Wetten? Wie alle andern hier.«

Garibaldi wußte, daß es in dem Sektor noch andere Schwarzhändler gab.

»Du meinst die anderen Läden? Haben die alle dichtgemacht?«

Das Mädchen nickte eifrig.

»Wieso?« wollte Garibaldi wissen. »Wieso sind alle weg?«

»Raus hier«, rief sie und rollte mit den Augen. »Bevor das Ende der Welt kommt.«

18

»Also, meine Freunde«, predigte Reverend Bobby Galaxy von der ALLGEMEINEN KIRCHE DER SOLAREN ERLEUCHTUNG vor Leidenschaft bebend, »müssen wir dem bevorstehenden Unheil offen entgegentreten. Wir müssen Satan ins Auge blicken und laut Nein! rufen. Wir müssen aufrecht auf festem Boden stehen – denn so hat GOTT uns erschaffen, mit zwei Beinen – und den Teufel mit unseren Blicken niederringen.«

»Amen!« kam eine eifrige Stimme aus der Mitte der lobsingenden Gemeinde.

»Ja!« erhob Pater Bobby seine Stimme und streckte seine Arme aus, um seine Anhänger zu segnen. »Es muß euch klar sein, daß dies die Schlacht der Schlachten ist. Die ewige Schlacht. Diese kommende Schlacht wird die Menschheit von all den Geißeln befreien, mit denen sie geschlagen wurde. Und wieder wird der Mensch, GOTTES Ebenbild, über alles herrschen, was da ist.«

Ohrenbetäubender Jubel setzte ein. Die Anhänger des Paters hatten den zerstörten Saal aufgeräumt, in dem das trinokularische Film-Fest stattgefunden hatte, damit sie dort ihre Versammlung abhalten konnten. Nahezu tausend Anhänger sprengten fast den Saal. Jetzt versetzte ihr Jubel die angeknacksten Trägerbalken in gefährliche Schwingungen. Tausend menschliche Gesichter – nicht ein Außerirdischer unter ihnen.

»Es dürfen keine Fehler gemacht werden!« rief Pater Bobby

voller Überzeugung. Er stand unter dem einzig unbeschädigten Abschnitt der Leinwand: Darauf hatte man ein Bild des Wurms projiziert, verschlungen und grünlich schimmernd. Der Pater deutete auf das Bild über seinem Kopf. »Die Wahrheit darf nicht verleugnet werden. Das Zeitalter der Erneuerung steht bevor. Und hier – *hier* – seht ihr unseren Erlöser.«

Die Menschenmenge tobte, und der Pater mußte an die fünf Minuten warten, bis sie sich wieder beruhigt hatte. In der Zwischenzeit gab er seinen ausgesuchten Gefolgsleuten, zwölf Männern in grünen Kapuzenmänteln, die ihm zur Seite standen, ein Zeichen, worauf sie mit Körben in der Hand ausschwärmten.

»Spendet! Spendet mit Herz und Seele, meine Schwestern und Brüder. Spendet, damit unser Werk fortgeführt werden kann – und das Zeichen des Wurms wird Früchte tragen. Wir wissen, daß sie in ihm reifen. Spendet, so daß wir die Ungläubigen von *Babylon 5* vertreiben können – und aus dem ganzen Universum!«

Eine Frau in der ersten Reihe sank in Ohnmacht; eine andere rollte plötzlich wild mit den Augen. Sie schwenkte die Arme über dem Kopf und plapperte sonderbare Worte in einer sonderbaren Sprache.

Der Pater stieg nun von der Bühne herab und bahnte sich einen Weg durch die Menge. Er legte seine Hände auf die Köpfe der Gläubigen und küßte die Kinder. Wenn ihm jemand eine Spende anvertrauen wollte, lehnte er mit einem seligen Lächeln auf den Lippen ab, aber jedesmal tauchte sofort einer seiner zwölf Helfer auf und hielt dem edlen Spender einen Korb hin, in den er seine Gabe legen konnte.

Nachdem er die Menge durchquert hatte, machte sich Bobby Galaxy langsam auf den Rückweg zur Bühne. Seine grün gewandeten Gefolgsmänner blieben immer an seiner Seite.

Tränen standen in seinen Augen. Er hielt einen Augenblick inne, um das Bild des Wurms auf der Leinwand hinter ihm zu betrachten. Dann schlug er plötzlich die Hände vors Gesicht und vergoß bittere Zähren.

Viele rangen nach Luft oder brachen ebenfalls in Tränen aus. Irgend jemand kreischte: »Wir lieben Sie, Pater!«

»So wie ich euch liebe«, schluchzte Pater Bobby und streckte seine Arme über seine Schäflein aus. Sein Gesicht war feucht von Tränen, aber er lächelte, lächelte wie in Ekstase.

»Lasset uns beten.«

Alle senkten die Köpfe; alle schlossen die Augen, auch der Pater.

»Oh HERR, der Du allein *unser* HERR bist, erhöre unser Flehen. Denn wir haben allzu lange unter Ungläubigen gewohnt, oh, HERR. Wir haben Dein Wort nicht gehört, Deine Lehren vergessen und uns Satan anvertraut. Doch wir bereuen unsere Sünden und schenken Dir erneut unsere Seelen und unsere Liebe. Denn wir wissen, daß allein der Mensch nach Deinem Ebenbild geschaffen wurde, und daß diejenigen, die nicht *unser* Ebenbild sind, auch nicht *Dein* Ebenbild sind. Wir allein sind auserwählt. Dessen sind wir gewiß. Dieses Wissen geloben wir zu bewahren. Amen.«

»AMEN!« kam das Echo aus tausend Kehlen.

Reverend Bobby James Galaxy streckte wieder seine Arme über seine Gemeinde aus. In einer Hand hielt er eine Plasmaphasenwaffe. Die trocknenden Tränen glitzerten auf seinen Wangen.

»GOTT segne euch!« rief er. Dann fügte er hinzu: »Und wenn die Zeit gekommen ist, laßt uns das Universum von den ungläubigen Außerirdischen zurückerobern.«

19

»Das darf doch nicht wahr sein.« Captain Sheridan wirkte beinahe gelassen, wie er im Besprechungsraum auf und ab marschierte. Er traute seinen Ohren nicht. »Die Schwarzhändler in der Unterwelt verlassen *Babylon 5*, weil sie glauben, daß die Station bald zerstört wird?«

»Wenn man den Gerüchten glauben darf, ja«, bestätigte Garibaldi. »Den Sender konnte ich nicht finden, aber ich habe außer dem von Harry Chase noch fünf andere Läden gecheckt. Unter anderem zwei, die gestohlene Shuttle-Ersatzteile verkaufen. Alle waren verrammelt und verlassen.«

»Die Ratten verlassen das sinkende Schiff«, murmelte Ivanova und bereute ihre Äußerung im selben Augenblick.

Sheridan verlor für einen Moment die Kontrolle über seine Gefühle. »Das hier ist kein sinkendes Schiff«, platzte er heraus. »Aber das ist in der Tat ein schlechtes Omen.« Darauf wandte er sich Commander Ivanova zu. »Haben Sie die Transporter überprüft, die von der Station abgehen?«

Ivanova richtete sich auf. »Sie sind ausgebucht. Aber das war nicht anders zu erwarten. Von Panik kann allerdings noch nicht die Rede sein. Das ist nur der erste Ansturm. Möglicherweise wird es noch schlimmer.«

»Die Ratten verschwinden immer als erste«, meinte Garibaldi und griff damit Ivanovas unpassenden Kommentar auf.

»Also schön. Wie können wir die Leute beruhigen?« fragte Sheridan.

»Überhaupt nicht«, erklärte Garibaldi. »Wir können lediglich versuchen, alles unter Kontrolle zu halten.«

»Wie?«

»Indem wir zusätzliche Wachen in den Hangars postieren und

unsere Arbeit fortsetzen, als wäre alles in Ordnung«, entgegnete Garibaldi. »Wenn jemand die Station verlassen will, dann tut er's auch. Wie gesagt, sorgen wir dafür, daß alles seinen geregelten Gang geht.«

»Gut«, sagte Sheridan, »wir machen es so. Aber achten Sie darauf, daß Ihre Sicherheitsleute nicht über die Stränge schlagen. Ich will nicht, daß hier eine Panik ausbricht.«

Garibaldi nickte. »Einverstanden.«

»Und jetzt zu etwas anderem«, fuhr Sheridan fort. »Was macht unsere Sonde, Ivanova?«

Commander Ivanova verzog mißmutig das Gesicht. »Die ist nicht weniger nutzlos als die erste. Wir haben ein paar schwache Salven auf den Wurm abgefeuert, bis die Sonde seine angeblichen Koordinaten erreicht hatte. Wir hatten wieder eine Videokamera an Bord, und wieder war auf den Bildschirmen nichts zu sehen. Und der Wurm hat auf unsere Treffer keinerlei Reaktion gezeigt.«

»Konnten Sie überhaupt irgend etwas herausfinden?« fragte Sheridan.

Ivanova schüttelte vorsichtig den Kopf.

»In Ordnung«, meinte Sheridan, »dann müssen wir eben zu drastischeren Maßnahmen greifen. Ich schlage vor, wir starten eine bemannte Sonde.«

»Sie meinen Starfurys?« warf Ivanova überrascht ein.

»Nein, ein Shuttle, bis zum Rand vollgepackt mit allen Instrumenten, die uns zur Verfügung stehen. Die wissenschaftliche Abteilung soll jeden nur denkbaren Test vorbereiten, der uns helfen könnte herauszufinden, womit wir es hier zu tun haben. Ich wette, dieser Wurm treibt unsere Physiker schon in den Wahnsinn, nicht wahr?«

Ivanova nickte energisch. »Das haben Sie ganz richtig erkannt. Einem gewissen Dr. Laramie platzen bald sämtliche Blutgefäße. Übrigens, die wissenschaftliche Abteilung hat bereits um die

Erlaubnis gebeten, ein Shuttle loszuschicken. Soll ich alles vorbereiten?«

»Ja, so bald wie möglich. Außerdem wüßte ich gerne, ob Dr. Franklin mit seinem Schlafmittel Fortschritte gemacht hat. Ich kann mir nichts vorstellen, das uns zur Zeit willkommener wäre.« Captain Sheridan blickte auf. »Gibt es sonst noch etwas?« Im selben Moment piepste sein Com-Link. »Hier Sheridan«, meldete er sich.

»Hier ist die Kommandozentrale, Captain. Ich dachte, Sie sollten wissen, daß ein Schiff in Richtung Wurm unterwegs ist.«

»Wie bitte?«

»Ein Schiff ist unterwegs –«

»Ich komme sofort«, unterbrach Sheridan den Sprecher ungeduldig. »Um was für ein Schiff handelt es sich?«

»Ein Centauri-Schiff. Wir haben es gescannt. Es ist bis an die Zähne bewaffnet.«

20

Captain Sheridan war in der Kommandozentrale eingetroffen. »Wann wird dieses Centauri-Schiff den Wurm voraussichtlich erreichen?«

Ivanova stand bereits an der Kontrollkonsole. »In ungefähr drei Stunden«, erklärte sie.

»Und wie viele Centauri sind an Bord?«

»Den Instrumenten zufolge nur einer.«

»Doch nicht etwa Londo?«

»Wir haben versucht, den Botschafter zu kontaktieren, aber er meldet sich nicht«, erwiderte Ivanova.

»Das muß nichts bedeuten«, mischte sich Garibaldi ein. »Der meldet sich nur, wenn er Lust dazu hat.«

»Verdammt«, fluchte Sheridan.

Garibaldi hatte eine Idee. »Ich schätze ... ich weiß, wo sich Londo herumtreibt.«

»Dann bringen Sie ihn auf der Stelle her«, forderte Captain Sheridan. »Ich habe mit ihm zu reden.«

»Ich tue, was ich kann, Captain.«

Garibaldis Vermutung erwies sich als zutreffend. Er fand den Botschafter der Centauri auf dem *Zocalo* an der Bar; offenbar hatte Londo Mollari bereits einiges gebechert. Als er Garibaldi entdeckt hatte, wandte er sich grußlos wieder der Bar zu und rief nach der Bedienung. »Noch einmal dasselbe – und bitte gleich!«

Aber die Bedienung hatte alle Hände voll zu tun und beachtete ihn nicht.

»Die Leute heutzutage wissen einfach nicht mehr, was Respekt bedeutet«, beschwerte er sich.

Garibaldi stellte sich neben ihn. »Wo liegt das Problem, Londo? Haben Sie beim Wetten verloren?«

Londo drehte sich verärgert zu ihm um. »Das könnte man sagen«, bemerkte er ein wenig besänftigt.

»Wollen Sie darüber reden?«

»Nein«, erklärte der Botschafter mit einem Seufzen. »Na ja, eigentlich schon. Sie wissen ja, ich bin eine Spielernatur. Und jetzt sieht es so aus, als hätte ich die Wette meines Lebens verloren.« Er prostete Garibaldi zu. »Ich habe, müssen Sie wissen, meine Karriere auf *Babylon 5* auf's Spiel gesetzt. Und anscheinend verliere ich meinen Einsatz.«

»Was wollen Sie damit sagen?« fragte Garibaldi.

Der Centauri schnaubte verächtlich. »Sind Sie blind? Binnen sechsunddreißig Stunden wird von dieser Station nichts mehr übrig sein. Entweder sie wird von diesem ... Wurm vernichtet, oder die Verrückten hier an Bord zerlegen sie in ihre Bestandteile. Ich habe stets den Verdacht gehegt, daß dies hier ein Irrenhaus ist, aber *jetzt* weiß ich es genau.«

»Sie glauben im Ernst, daß wir diese Geschichte nicht überleben?«

»Das ist doch ganz offensichtlich. Und alles, wofür ich gearbeitet habe, wird vergeblich gewesen sein.«

»Heute sind Sie aber besonders prophetisch, Londo.«

»Sie wissen schon, was ich meine, Garibaldi«, fuhr Londo fort, und es klang ein wenig, als wollte er um Verzeihung bitten. »Sehen Sie sich doch nur einmal Ihre eigenen Sicherheitsleute an. Die laufen herum, wie ... Wie nennen die Menschen das doch gleich? Wie Zombies, wie lebende Tote. Sie müssen arbeiten, obwohl sie kaum schlafen und unter Alpträumen leiden.«

»Sie hatten wohl auch Alpträume, Londo?« erkundigte sich Garibaldi.

»Allerdings. Es war, als würden alle Alpträume meiner Kindheit in einem einzigen wiederkehren. Kreaturen von anderen Planeten unter meinem Bett, fremde Wesen im Schrank, Minbari im Keller ...« Er schüttelte den Kopf, versorgte sich mit einem weiteren Drink und hielt sein Glas hoch. »Das allein hält mich noch aufrecht, mein Freund.«

»Londo, haben Sie dieses Schiff zu dem Wurm rausgeschickt?« fragte Garibaldi gelassen.

»Selbstverständlich. Was hätte ich anderes tun können? Wenn ich dieses gräßliche Ding abschieße, rettet das meine Karriere. Ich wäre für alle hier und zu Hause ein Held.« Er wandte sich um und lächelte Garibaldi zu. »Ich habe das auch für Sie getan, alter Freund.«

»Könnten Sie noch etwas für mich tun?« setzte Garibaldi vorsichtig an und lotste den betrunkenen Botschafter langsam von der Bar weg.

»Natürlich, Garibaldi. Was immer Sie wünschen. Solange ich etwas zu trinken bekomme.«

Garibaldi lächelte. »In Ordnung. Kommen Sie mit.«

Eine Stunde später beobachteten Sheridan und Ivanova von der Kommandozentrale aus, wie das Centauri-Schiff in seinen Hangar zurückkehrte. Die Greifer der Station umklammerten es, da wandte sich Sheridan zu Garibaldi um.

»Ich kann gar nicht glauben, daß es Ihnen gelungen ist, Londo dazu zu bewegen, das Schiff zurückzurufen.«

»Das verdanken Sie mir«, erklärte Garibaldi, »und einem Schlückchen Schnaps ohne alles, das ich ihm eingeflößt habe, nachdem er schon ungefähr zehn Drinks intus hatte. Ich schätze, ich hätte ihn sogar dazu überreden können, sich bis auf die Unterwäsche auszuziehen und in einem Baströckchen herumzulaufen.«

Ivanova schnitt eine Grimasse. »Was für eine Vorstellung.«

»Das bringt uns zu einer interessanten Frage«, sagte Captain Sheridan. »Wir werden den Rat einschalten müssen, bevor unser Shuttle startet. Das wäre meiner Ansicht nach nur klug und fair.«

»Sollen wir die Vereinigung der Blockfreien auch einladen?«

»Die ganz besonders. Ich denke, es wäre klug, so viele Bewohner der Station einzubeziehen wie möglich. Es bilden sich schon genügend Splittergruppen. Da sollten wir ein wenig gegenhalten. Und in Anbetracht der jüngsten Ereignisse sollte das Shuttle *bald* starten.«

»Sollen wir eine Sitzung einberufen?« erkundigte sich Ivanova.

»Ja«, antwortete Sheridan. »Setzen Sie sie ... in zwei Stunden an.«

»Uns bleibt nicht mehr viel Zeit«, gab Ivanova zu bedenken.

»Ich weiß«, nickte Sheridan.

21

Die Zeit ist reif. Sie sollten mich jetzt aufsuchen. Koshs Worte brannten in Martina Coles Gedächtnis, aber sie weigerte sich noch immer, ihnen zu folgen. »Nein, ich werde nicht kommen. Ich habe es mir anders überlegt. Lassen Sie mich in Frieden!« *Aber die Zeit ist reif. Sie sind soweit.*

»Ich werde nie soweit sein.«

Kommen Sie! ... Sie lag gekrümmt auf dem Bett, die Augen fest zusammengekniffen. Martina Coles hatte das Gefühl, als würde sie etwas zerreißen. Weder wachend noch schlafend konnte sie Ruhe finden. Überall lauerten Dämonen. Außerirdische. Wieder übertönten Koshs Worte das permanente Summen des Wurmes in ihrem Kopf. *Dies ist die letzte Gelegenheit.*

»Ich kann nicht zu Ihnen kommen!«

Kommen Sie!

Sie schluchzte leise. Langsam stand sie auf, ganz vorsichtig, weil sie befürchtete, sonst zu zerbrechen. Während sie ihre Füße auf den Boden setzte, konzentrierte sie sich darauf, die ungebetenen Geräusche aus ihrem Kopf zu verbannen.

Gut, Sie werden also kommen.

Sie vermied es, in den Spiegel zu schauen, die gespenstische Gestalt zu betrachten, die er ihr zeigte. Wie eine Schlafwandlerin verließ sie ihr Quartier, trat auf den Korridor hinaus, ging zum Lift und fuhr hinunter in den Alien-Sektor. Dort stülpte sie sich eine Atemmaske über und machte sich auf den Weg zu Koshs Quartier. Sie ignorierte die gelegentlichen Raufhändel um sie herum, die Rempeleien auf den Gängen sowie einen bewußtlosen Außerirdischen, dessen Atemmaske nicht mehr richtig auf seinem bläulichen Gesicht saß.

Öffnen Sie die Tür. Treten Sie ein.

Ein letztes Mal trug sie sich mit dem Gedanken zu verschwinden, brachte es aber nicht fertig. Wenn sie jetzt in ihr Quartier zurückkehrte, würde sie es nie wieder verlassen, sondern für immer dem Wahnsinn anheimfallen. Die Tür öffnete sich, eine Methanwolke entfloh Koshs Quartier und schlug auf das Visier ihrer Atemmaske. Sie ging hinein, und die Tür schloß sich hinter ihr. Kosh erwartete sie bereits, ragte aus einer Wolke vor ihr auf.

»Was wissen Sie?« fragte sie. »Was haben Sie gesehen?«

Hier . . . Kosh öffnete ihr seine Gedanken. Sie durchströmten sie wie eine Flutwelle.

»Ohhhh.« Martina Coles heulte auf; sie war überwältigt. Und dann befand sie sich an einem Ort, an dem es nicht einmal mehr Träume gab . . .

22

Susan Ivanova hatte schon viele unangenehme Aufgaben erledigen müssen, seit sie auf *Babylon 5* stationiert war, aber das hier übertraf alles. »Kann das nicht warten, bis Garibaldi wieder verfügbar ist?« bat sie verzweifelt.

»Nein, kann es nicht«, antwortete Captain Sheridan über ihr Com-Link. »Garibaldi hat auch so schon alle Hände voll zu tun. Die Mitglieder von LEBEN IM WANDEL machen schon wieder Ärger. Sie haben ihren Versammlungsraum verlassen und verursachen einen neuen Auflauf. Tut mir leid, Commander, aber hiermit müssen Sie allein fertig werden. Und haben Sie nicht gesagt, Sie wüßten Bescheid über dieses KONSORTIUM LEBENDIGES ESSEN?«

»Ich hab' mal was darüber gelesen«, erklärte Ivanova voller Abscheu. »Nichts Angenehmes.«

»Tun Sie Ihr Bestes. Sie wissen, daß die nur eine Amtsperson, die nicht ihrer eigenen Rasse angehört, dort unten reinlassen. Und Commander«, fügte er hinzu, »seien Sie vorsichtig.«

»Darauf können Sie sich verlassen, Captain.« »Pfui Spinne«, kam es unversehens über ihre Lippen, nachdem der Captain sein Com-Link abgeschaltet hatte.

Commander Ivanova hatte noch nie einen Schutzanzug getragen, der für Schwefelsäure undurchlässig war. Er war doppelt so schwer handhabbar wie die üblichen Schutzanzüge; die Nähte an jedem Gelenk waren mit Draht und einem ziemlich widerstandsfähigen Kunststoff zweifach versiegelt. Auf diese Weise vermochte der Anzug der extrem ätzenden Atemluft der Mitglieder des Konsortiums standzuhalten.

Weder Ivanova noch irgend jemand, den sie kannte, hatte die Quartiere hier unten jemals zuvor betreten. Die Mitglieder des KONSORTIUM LEBENDIGES ESSEN waren zu einer Legende geworden, ähnlich dem Kerl mit der Axt, der Camper niedermachte, oder der Pilotin ohne Kopf, die, seit sie in ihrer Starfury ums Leben kam, angeblich einmal im Jahr im Hangar acht herumspukte. Dieser besondere Abschnitt des Alien-Sektors allerdings war harte Realität.

Das Konsortium hatte die Miete im voraus bezahlt, die Einrichtung war bis ins kleinste Detail vorausgeplant; nur unter diesen Bedingungen hatten sie die Erlaubnis erhalten, *Babylon 5* zu betreten. Andernfalls hätte ihre Atemluft vermutlich ein Loch in die Station gebrannt.

Hier stand Ivanova also nun vor der geheimnisvollen Tür, in einem Anzug, der so schwer war, daß sie das Gefühl hatte, auf dem Jupiter zu stehen.

»Auf ins Niemandsland«, murmelte sie und öffnete die Verriegelung. Als sich die Tür wieder hinter ihr geschlossen hatte, füllte sich die kleine Schleuse augenblicklich mit ekligem gelbem Nebel. »Pfui Spinne!« fluchte Ivanova noch einmal.

Aus reiner Neugierde hatte sie einen Stift mitgebracht. Sie hielt ihn jetzt hoch und beobachtete, wie er sich mit einem Zischen in ihrer Hand auflöste. Dann öffnete sich die innere Pforte der Schleuse, und sie durfte das Allerheiligste des Konsortiums betreten.

»Jemand zu Hause?«

»Treten Sie ein, Commander!« vernahm sie eine gutgelaunte Stimme in ihrem Kopfhörer. Ein runder Raum lag vor ihr. Es überraschte sie, daß die Luft nicht so dick war, wie sie erwartet hatte. Die gelben Schwaden waberten etwa in einer Höhe von einem Meter achtzig und verdichteten sich unter der Decke immer mehr. Eine Gruppe fremdartiger Wesen bildete einen Kreis – am ehesten erinnerten sie Ivanova an Tintenfische –, sie saßen oder kauerten auf dem Boden. Bis auf einen, der sie mit seinen Glubschaugen anstarrte. Seine Tentakel wackelten vor Aufregung.

»Ihr Besuch ist eine große Ehre für uns, Commander. Unserer bescheidenen Gruppe, die ein bescheidenes Mitglied der Vereinigung blockfreier Planeten ist, werden solche Ehrungen nur selten zuteil.«

Ivanova lächelte unsicher hinter ihrer Atemmaske. »Gern ... geschehen.«

Eines der Tentakel ihres Gegenübers hielt gerade lange genug still, um auf seine lederartige rote Brust zu deuten. »Ich bin Bish. Noch einmal, herzlich willkommen.«

Bish vollführte eine linkische Verbeugung, die Ivanova erwiderte. In ihrem Anzug bewegte sie sich nicht weniger linkisch. »Erfreut, Sie kennenzulernen, Bish.«

Unter Bishs großen Augen öffnete sich ein schmaler Mund, als er sagte: »Und was verschafft uns diese Ehre?«

»Also ... ehrlich gesagt«, begann Ivanova, »es geht das Gerücht ... daß Sie jemanden entführt haben, der nicht zu Ihrem Volk gehört.«

»Natürlich!« erklärte Bish kategorisch. Er klang ausgesprochen aufgeräumter Stimmung. »Wie sonst sollte er an unserer Freude teilhaben?«

Bish deutete mit einem seiner Tentakel auf eine Kiste an der Wand, die etwa die Größe eines Sarges hatte. In die Vorderseite der Kiste war eine Scheibe eingelassen. Jetzt entdeckte Ivanova einen Centauri, der angsterfüllt durch die Scheibe starrte.

Ivanova überwand ihren Schock. »Äh, darf ich fragen, wie er da hineingekommen ist?«

»Selbstverständlich«, erwiderte Bish lachend. »Wir haben ihn einfach gebeten, die Schleuse zu betreten und sich das Gerät anzusehen, in dem er sich jetzt befindet. Wir haben ihm gesagt, daß sich Objekte von unschätzbarem Wert darin befinden. Dann haben wir das Gerät mit einer Fernbedienung verschlossen. Genial, nicht wahr?«

Mit Speck fängt man Mäuse, dachte Ivanova.

»Schon«, sagte sie zu Bish, »aber leider ist es auch verboten. Sie können nicht einfach andere Bewohner der Station einsperren. Wenn Sie mir nicht glauben, werfen Sie einen Blick in Ihren Vertrag.«

»Unsinn«, kicherte Bish. »Wir *haben* in unserem Vertrag nachgesehen, bevor wir uns in dieses wundervolle Abenteuer gestürzt haben. Paragraph einhundertundzwölf, Absatz fünfzehn a besagt unmißverständlich, daß wir andere Wesen dazu einladen dürfen, an unseren Riten teilzunehmen.«

»Einladen und entführen sind zwei Paar Stiefel.«

»Richtig. Aber wir haben diesen Centauri eindeutig eingeladen. Wir haben ihn gefragt, ob er in die Kiste steigen will, und er ist diesem Vorschlag voller Eifer gefolgt.«

»Also, das kann ich Ihnen so nicht abnehmen.«

»Nun gut, Commander. Ich will nicht mit Ihnen streiten. Die Teilnahme eines Fremden an unserer feierlichen Auflösungszeremonie ist lediglich eine Formalität. Der Fremde muß nicht unbedingt dieser Centauri sein. Vielleicht würden Sie selbst gerne teilnehmen?«

Der Vorschlag war offenbar gutgemeint. Ivanova jedoch verschlug er für einen Moment die Sprache.

»Äh, nein, danke.«

»Ha, ha. Wie Sie wünschen. Sie wissen natürlich, daß die feierliche Auflösungszeremonie nur praktiziert wird, wenn – wie zur Zeit – allein der Gedanke an fremde Rassen für uns unerträglich wird?«

»Ich habe so etwas gelesen«, bemerkte Ivanova.

Bish lachte wieder. »Ich habe angenommen, daß Sie gegenwärtig dieselbe Angst und Abneigung fremden Wesen gegenüber empfinden wie wir. Sie sind sich doch bewußt, daß ich Ihnen nur einen Gefallen erweisen wollte, Commander?«

»Äh, natürlich. Vielen Dank«, sagte Ivanova. »Aber müssen Sie denn diese Zeremonie unbedingt abhalten? Der Wurm wird die Station in ein paar Stunden erreichen. Dann haben wir diese Krise überstanden, so oder so.«

»Nein. Ich fürchte, wir können nicht länger warten«, entgegnete Bish heiter. »Durch die Zeremonie werden wir unseren Frieden finden.« Er drehte sich zu seinen auf dem Boden kauernden Kameraden um. »Fangt an! Wir müssen leider auf die Teilnahme eines Fremden verzichten.«

Darauf stopften sie sich ihre Tentakel in den Mund. Dabei schmatzten sie, als würden sie belegte Brötchen verspeisen. Ihre ledrige Haut schälte sich ab. So konnte die todbringende Säure in der Luft ihr Fleisch zerfressen.

Bish, der sich mit Feuereifer zu den anderen gesellte, rief Ivanova zu: »Leben Sie wohl, Commander! Und vielen Dank für Ihren Besuch!« Dann schob auch er sich zwei seiner Tentakel in den Mund. Wie die anderen, fraß er seinen eigenen Körper, während er von der ätzenden Luft zersetzt wurde. Bald erinnerten nur noch ein paar Häuflein blubbernder Organe und zischender Hautfetzen an die Mitglieder des Konsortiums. An die Stelle der Gefahr von außen, den Wurm, trat für Ivanova eine innere Bedrohung. Der Anblick dieser eigenartigen Außerirdischen löste etwas in ihr aus. So sehr sie die Alpträume auch mit Angst und Wut erfüllt hatten, sie hatten sie nicht so tief berührt wie das hier. Und es gelang ihr nicht, ihre Augen abzuwenden.

23

Hilton Dowd machte keinen sehr zufriedenen Eindruck, als sein Abbild auf dem Monitor in Captain Sheridans Büro erschien.

»Ich kann Ihnen gar nicht sagen, wie entsetzt Präsident Clark über Ihre Reaktion auf diese Bedrohung ist«, erklärte er. Es schien, als hätte auch er in jüngster Zeit unter Schlaflosigkeit gelitten, wenngleich in seinem Fall zweifellos nicht der Wurm die Schuld daran getragen hatte.

»Präsident Clark wird einsehen, daß wir unser möglichstes tun, um die Ordnung auf der Station aufrechtzuerhalten. Er sollte sich in unsere Lage versetzen, um zu verstehen, womit wir es hier zu tun haben. Im übrigen ziehe ich es vor, den Wurm nicht als Bedrohung zu bezeichnen. Er hat *Babylon 5* nicht angegriffen. Lediglich die Alpträume stellen eine Bedrohung dar. Ob sie etwas mit dem Wurm zu tun haben, wissen wir allerdings nicht.«

»Ach was? Ich hoffe, Sie sind klüger, als Sie sich anhören.«

Sheridan holte tief Luft und überging die Beleidigung. »Wir dürfen nichts überstürzen. Im Moment ist Vorsicht angebracht.«

»Dieser Einschätzung der Lage können wir nicht länger zustimmen. Alle Flüge nach *Babylon 5* werden bis auf weiteres storniert. Darüber hinaus behalten wir uns vor, das Epsilon-Sprungtor zu schließen. Damit könnte auf unbestimmte Zeit niemand den Sektor um *Babylon 5* erreichen.«

»Das hätte verheerende Folgen für uns. Wir rechnen ohnehin jeden Augenblick mit einer Panik. Wenn Sie den Verkehr zur Station unterbinden, signalisieren Sie den Leuten nur, daß Sie sie aufgegeben haben. Dann bricht hier die Hölle los.«

»Ich habe lediglich gesagt, daß wir darüber nachdenken. Außerdem wollen wir eventuell einen Großangriff auf diesen Wurm starten.«

»Sie wollen das Militär eingreifen lassen? Sind Sie von allen guten Geistern verlassen?«

Augenblicklich wich die Müdigkeit aus Dowds Miene. Er nahm Sheridan eiskalt ins Visier. »Captain, ich darf Sie daran erinnern, daß Sie nicht nur mit mir, sondern *durch mich* mit Präsident Clark sprechen.«

Sheridan holte abermals tief Luft. »Ich wollte auch nur klarstellen«, fuhr er ruhig fort, »daß es gegenwärtig keine Veranlassung für ein solches Vorgehen gibt.«

»Vielleicht erhalten Sie trotzdem zu einem späteren Zeitpunkt den Befehl zum Angriff.«

»Bevor wir an einen Angriff denken, möchte ich ein Team von Wissenschaftlern in einem Shuttle zu dem Wurm schicken. Wir haben bereits mit den Vorbereitungen für eine Expedition begonnen.«

»Das ist mir bekannt.«

Sheridan wurde wieder einmal bewußt, daß die Erdzentrale ihre Zuträger auf *Babylon 5* hatte. Er beschloß jedoch, nicht auf diese Bemerkung einzugehen. »Dann werden wir unsere Expedition also starten.«

»Ihr einziger konstruktiver Vorschlag, Captain. Wir benötigen dringend mehr Informationen über diesen Wurm.«

Bevor Sheridan noch etwas sagen konnte, hatte Dowd die Verbindung schon unterbrochen.

»Verflixt«, fluchte Sheridan frustriert.

Eine Stunde später hatte Commander Ivanova ihr Team von Wissenschaftlern vor Shuttle Nummer zwei versammelt. Eine kleine Gruppe. Außer ihr selbst gehörten ihr die Techniker Armstrong, Povin und Hartley an, der Shuttle-Pilot Anders sowie Dr. Creighton Laramie von Barker Industries, einem auf der Erde beheimateten Konzern.

Laramie hatte sich Ivanova als Spezialist für Plasmaphysik angeboten. Er war groß, schlank und fast kahl. Sein Gesicht zierten zahlreiche Lachfältchen. Bis jetzt hatte er jede Anstrengung unternommen, von der Station aus mehr über den Wurm herauszufinden. »Ich habe bisher«, erklärte er knapp, »genau *so* viel über diesen Wurm herausgefunden.« Dabei formte er mit Daumen und Zeigefinger eine Null. »Aus der Nähe können wir vielleicht . . .«

»Also, ich hoffe sehr, wir finden irgend etwas heraus, Doktor«, meinte Ivanova. Sie wandte sich an Armstrong, einen kleinen übereifrigen Kerl. »Sind Sie soweit?«

»Soweit wie nur möglich. Das Shuttle ist fertig beladen und startbereit. Wir werden dem Wurm in Null Komma nichts Auge in Auge gegenübertreten, sozusagen.«

Der Feuereifer des Technikers machte Ivanova ein bißchen stutzig. »Geht es Ihnen gut, Armstrong?«

»Nur müde«, entgegnete er lachend. »Ich hab' schlecht geträumt – wie alle anderen.«

Ivanova zögerte, dann erklärte sie: »In Ordnung«. Sie wandte sich wieder an Creighton Laramie. »Sind Sie bereit, Doktor?«

Laramie nickte ernst. »Ja.« Damit drehte er sich um und bestieg das Shuttle.

Commander Ivanova atmete tief durch. »Also, los geht's«, sagte sie und folgte Laramie.

Beim Start wurden Ivanova und die anderen in ihre Sitze gedrückt. Das Shuttle entkam der Anziehungskraft, die *Babylon 5* durch seine Rotation erzeugte. Kurz darauf waren sie in Richtung Wurm unterwegs; das Phänomen füllte von Minute zu Minute einen größeren Teil des Shuttle-Fensters aus. Dr. Laramie verschwendete seine Zeit nicht damit, den Wurm zu betrachten. Sobald er Ivanovas Erlaubnis erhalten hatte, erhob er sich aus seinem Sitz und kümmerte sich um seine Instrumente im hinteren Teil des Shuttles. Ivanova folgte ihm nach einer Weile und fand ihn über eine hochkomplizierte, aber erstaunlich kleine Abtastungsanlage gebeugt.

»Hat Ihre Firma diese Geräte hergestellt, Doktor?« erkundigte sich Ivanova höflich.

Ebenso höflich antwortete Laramie: »Ja, mit etwas Unterstützung.«

»Sieht nach dem allerneuesten Stand der Technik aus«, bemerkte Ivanova. Diesmal runzelte Laramie nur die Stirn. Also ging Ivanova wieder nach vorne und nahm neben dem Piloten Platz. Das Grün des Wurms schien immer heller in die Shuttle-Fenster. Sie hielten anscheinend genau auf eine seiner Windungen zu, die nunmehr bereits fast den gesamten Ausschnitt ausfüllte.

»Na, haben Sie sich mit unserem verrückten Professor nett unterhalten?« scherzte Anders.

»Nicht so recht«, entgegnete Ivanova. »Ich habe den Eindruck, der hat nur noch Sinn für seine Instrumente.«

»Na ja, vielleicht findet er ja etwas Interessantes heraus.«

»Das will ich hoffen«, meinte Ivanova und runzelte nachdenklich die Stirn. »Das will ich wirklich hoffen.«

Der Wurm schien das Shuttle verschlingen zu wollen. Von dem leeren Raum um die glühende Erscheinung war jetzt nichts mehr zu sehen.

»Aus der Nähe betrachtet, leuchtet er noch viel heller«, stellte Ivanova fest. Hinter ihr tauchte Dr. Laramie auf, der sich endlich von seinen Instrumenten losgerissen hatte. »Der Wurm strahlt nicht wirklich. Das scheint nur so.«

Ivanova drehte sich zu ihm um. »Das verstehe ich nicht.«

»Dieser Wurm existiert nicht wirklich. Zumindest nicht in dieser Dimension. Unseren Anzeigen zufolge hat er keine physische Realität. Was wir da vermessen haben, ist nur ... ein Phantom. Es besteht nicht aus wirklichen Teilchen, sondern nur aus *Geister-Teilchen.*«

»Geister ...? Was für Geister?«

Aber Laramie war bereits zu seinen Instrumenten zurückgekehrt und hatte die Tür hinter sich geschlossen.

Das Shuttle flog längsseits des Wurms, dessen Oberfläche an Stranddünen erinnerte. Kleine Hügel und Täler wechselten einander ab, wie Wellen auf einem Ozean.

»Eigentlich ganz hübsch anzusehen«, sagte Ivanova.

»Aber nur eine Illusion«, fügte Anders hinzu.

»Ganz genau«, nickte Laramie. Sie drehten sich zu ihm um. »Ich habe den Wurm gründlich abgetastet, sogar fotografiert. Aber auf keiner der Aufnahmen war etwas zu erkennen. Nur der leere Weltraum. Ich würde es begrüßen, wenn wir jetzt in den Wurm hineinfliegen würden.«

»Ich werde mich mit Captain Sheridan in Verbindung setzen«, erklärte Ivanova. Doch Laramie war schon wieder hinter der geschlossenen Tür seines Allerheiligsten verschwunden.

Captain Sheridan erschien auf Ivanovas Bildschirm. Er zeigte ein besorgtes Gesicht. »Mir ist immer noch nicht wohl bei dem Gedanken, daß Sie durch dieses Ding fliegen wollen«, meinte er.

Ivanova erklärte: »Captain, wir wissen beide, daß wir nur so herausfinden können, welche Wirkung das Zusammentreffen mit dem Wurm auf *Babylon 5* haben wird. Immerhin ist es in zwanzig Stunden soweit.«

»Ich weiß. Aber ich komme mir vor, als hätte ich Sie zu Versuchskaninchen herabgewürdigt. Ich hätte selbst fliegen sollen.«

»Sie haben die Leitung dieser Expedition mir übertragen. Außerdem werden Sie auf der Station gebraucht.«

»Trotzdem . . .«

»Haben wir die Genehmigung, den Wurm zu durchqueren, Captain?« Ivanova konnte spüren, wie Sheridans Pflichtgefühl schließlich über seine Befürchtungen siegte.

»Genehmigung erteilt, Commander. Aber geben sie acht. Und kehren Sie unverzüglich um, wenn Gefahr für Sie selbst oder das Shuttle besteht.«

»Vielen Dank«, bestätigte Ivanova.

»Ich habe Ihnen zu danken, Commander«, beschloß Sheridan das Gespräch.

»Bereiten Sie sich darauf vor, den Wurm zu durchqueren –«, ordnete Ivanova eben an, als sich hinter ihr etwas bewegte. Der Techniker Armstrong stand hinter ihr. Er stierte geistesabwesend vor sich hin und schwang seinen Schraubenschlüssel wie eine Keule. »Das dürfen Sie nicht tun!« schrie er. »Sie dürfen nicht durch dieses Ding durchfliegen!«

Hinter ihm erschien ein zweiter Techniker, Hartley. »Commander!« rief er aufgeregt und hielt dabei sicheren Abstand zu Armstrong, der seinen Schraubenschlüssel bedrohlich über seinem Kopf kreisen ließ. »Armstrong hat Povin schwer verletzt. Ich fürchte, wenn wir ihn nicht zur Station zurückbringen, verlieren wir ihn.«

Ivanova stand langsam auf und näherte sich Armstrong mit ausgestreckter Hand. »Geben Sie mir den Schraubenschlüssel«, sagte sie ruhig.

Armstrong gab einen grunzenden Laut von sich und schwang seinen Schraubenschlüssel in Richtung Ivanova. Die wich aus, machte dann einen raschen Schritt vorwärts und versetzte Armstrong einen Hieb in die Seite. Der Schraubenschlüssel landete polternd auf dem Boden, während Armstrong nach vorne fiel. Als er versuchte, sich wieder aufzurichten, verpaßte ihm Ivanova einen Tritt. Dann nagelte sie ihn mit ihrem Knie am Boden fest, während Hartley ein Stück Kabel holte, um Armstrong zu fesseln.

Ivanova band seine Hände und Füße zusammen. »Halten Sie still, bevor Sie noch mehr Schaden anrichten.«

Jetzt erst wurde ihr bewußt, in welcher Gefahr sie geschwebt hatten. Wenn sie ihre Selbstkontrolle verloren, waren ihre Chancen gegen den Wurm gleich null. Ivanova richtete sich auf und folgte Hartley zu Povin, der wie ein Häuflein Elend, mit dem Rücken gegen einen Spind, auf dem Boden lag. Ihr genügte ein Blick auf die klaffende Wunde an seinem Hinterkopf, um zu begreifen, daß er schwer verletzt war.

Obwohl der Wurm die Station in nur zwanzig Stunden erreichen würde, war sie gezwungen, die Mission fürs erste abzubrechen. Der Gedanke gefiel ihr ganz und gar nicht, aber ihr blieb keine andere Wahl.

Hartley berichtete: »Er hat nur zu Armstrong gesagt, daß es gut wäre, den Wurm zu durchqueren, da ist er ausgeflippt. Soviel ich weiß, hat er geträumt, daß ihn ein Narn erstickt. Anscheinend hat er geglaubt, der Wurm würde jetzt uns alle ersticken.«

»Anders!« rief Ivanova nach vorne. »Wenden Sie, und bringen Sie uns zurück nach Hause. Und zwar mit Höchstgeschwindigkeit.«

Da tauchte Dr. Laramie wieder auf. Sein Gesicht war rot vor Wut. »Sie wollen doch nicht etwa sagen, daß wir nun doch nicht durch den Wurm fliegen?« fragte er verärgert.

»Wenn wir diesen Mann nicht auf dem schnellsten Weg auf die Station transportieren, wird er sterben. Und das kann ich nicht zulassen.«

Laramie trat ganz nah an sie heran und blickte von oben auf

sie herab. »Aber das ist vielleicht unsere letzte Chance, diese Tests durchzuführen.«

»Diskussion beendet, Doktor«, sagte Ivanova knapp. »Wir kehren zur Station zurück.«

24

Sheridan und Garibaldi erwarteten Ivanova im Hangar. Nachdem Dr. Laramie beleidigt abgezogen und Povin auf schnellstem Wege ins Med-Lab gebracht worden war, wandte sich der Captain an Ivanova: »Hier ist die Hölle los. Die Mitglieder von LEBEN IM WANDEL haben sich in ihrem Konferenzraum verbarrikadiert und die FERMIS ANGELS versuchen, die Tür einzuschlagen, um an sie ranzukommen. Drei der Rocker mußten bereits ins Med-Lab eingeliefert werden. Außerdem haben sich die Centauri und die Narn entschlossen, auf *Babylon 5* ihren kleinen Privatkrieg auszufechten. Die schleichen auf dem *Zocalo* herum und beschießen sich gegenseitig.

Commander, ich möchte, daß Sie sich der Rocker annehmen. Und Sie, Garibaldi, kümmern sich um die Centauri und die Narn. Erstatten Sie mir alle fünfzehn Minuten Bericht.«

»Sagen Sie Carbon, dem Anführer der Motorradgang, daß ich ihm ein Bild von meiner Ninja ZX-11 zeige, wenn er sich anständig benimmt«, rief Garibaldi Ivanova nach.

»Ich werde es ausrichten«, versprach sie, »nachdem ich ihm das Genick gebrochen habe.«

Der *Zocalo* war so gut wie ausgestorben. Allerdings konnte Garibaldi schon aus der Entfernung vereinzelte Schüsse hören. Von den Verkaufsständen war nicht mehr viel übrig. Überall türmten sich Müll und zerborstene Möbel. Sogar einige der Lampen waren der Schießerei zum Opfer gefallen.

»Alle Wachen im Bereich *Zocalo,* bitte melden«, sprach Garibaldi in sein Com-Link.

Einen Moment lang blieb es still, dann meldete sich eine einsame, eingeschüchterte Stimme.

»Hier Templeton, Sir.«

»Templeton? Sind Sie allein?«

»Ja, Sir. Ich habe um Verstärkung nachgesucht, aber es ist niemand mehr da.«

»Wo stecken Sie?«

»Hinter der Bar. Ich sitze seit ungefähr einer Stunde hier fest.«

Irgendwo vor Garibaldi fiel ein Schuß. Aus einer anderen Richtung kam die prompte Erwiderung.

»Wissen Sie, wie viele Schützen sich hier versteckt halten?«

»Vier, glaube ich. Zwei Narn, zwei Centauri. Es waren viel mehr, ehe hier alles zu Bruch ging. Sie haben ein paar abtransportiert, und dann haben sich die Kämpfe woandershin verlagert.«

»Bleiben Sie, wo Sie sind«, befahl Garibaldi. Er versuchte, seine Wut zu unterdrücken. »Ich komme so schnell wie möglich mit Verstärkung zurück.«

»Ach, und Sir . . .«

»Was noch, Templeton?«

»Ich bin hier nicht ganz allein. Es ist noch jemand mit mir hinter der Bar, Botschafter Mollari.«

»Geben Sie ihn mir.«

»Das geht nicht, Sir.«

»Er ist doch nicht etwa verwundet?« Einen Moment Schweigen. »Templeton, antworten Sie mir gefälligst!«

»Der Botschafter ist nicht verwundet, Sir. Er ist sturzbetrunken.«

Garibaldi seufzte erleichtert. »Bleiben Sie bei ihm«, befahl er Templeton, »ich bin gleich wieder da.«

Garibaldi hatte mehr Mühe, G'Kar aufzuspüren, als er erwartet hatte. Nachdem er ein paar von G'Kars Schlupflöchern überprüft hatte, kehrte der Sicherheitschef in sein Büro zurück. Zu seiner Überraschung fand er dort nur einen Offizier vor. Die Frau war an ihrem Bildschirm eingenickt und stöhnte im Schlaf. Offenbar wurde sie von Alpträumen geplagt.

Garibaldi schüttelte sie wach. »O'Connor, kommen Sie zu sich!«

Mit einem Ruck war sie wieder da. Sie starrte Garibaldi entsetzt an. »Minbari, Sir. Ekelerregend. Ekel –« Garibaldi klatschte ihr die flache Hand ins Gesicht, und Tränen schossen ihr in die Augen. »Es . . . tut mir leid, Chief, aber jedesmal, wenn ich einschlafe, träume ich, und meine Träume sind einfach grauenvoll.«

»Schon gut. Wo sind die anderen?«

Allmählich gewann sie die Kontrolle über sich zurück. »Die anderen«, erklärte sie, »haben es nicht mehr ausgehalten. Sie haben sich gestritten und herumgeschrien. Ich hab' sie alle heimgeschickt, weil ich dachte, daß ich alleine . . .«

Garibaldi half ihr hoch. »Sie haben großartige Arbeit geleistet, O'Connor.« Er fischte eine von Dr. Franklins Wunderpillen aus seiner Tasche und drückte sie ihr in die Hand. »Nehmen Sie die, und ruhen Sie sich richtig aus. Wir sehen uns dann in ungefähr vier Stunden.«

O'Connor nickte und wankte davon. Garibaldi blieb allein zurück. Er überprüfte rasch die verschiedenen Bildschirme, und was er da sah, erregte ganz entschieden sein Mißfallen. Seine Leute hatten fast überall auf der Station den Überblick verloren. Offenbar waren alle völlig erschöpft. Er mußte noch mehr von Dr. Franklins Wundermittel für seine Leute organisieren. Nur damit konnte er den Betrieb aufrechterhalten.

Er wollte gerade eine Suchmeldung nach G'Kar herausgeben, als der Narn, welch Wunder, plötzlich in der Tür stand.

»Ich dachte, Sie hätten vielleicht einiges mit mir zu bereden«, erklärte G'Kar förmlich.

»Das können Sie laut sagen. Kommen Sie mit.« Damit packte Garibaldi G'Kars Arm und zog ihn, schleifte ihn regelrecht zum *Zocalo.*

25

Als Ivanova auf die Leute von LEBEN IM WANDEL traf, war von dem Konferenzraum nicht mehr viel übrig. Die Türen hatten den wiederholten Angriffen der plasmagetriebenen Motorräder auf die Dauer nicht standgehalten. Die Maschinen waren mit Aufprallschutz ausgestattet, damit eigneten sie sich hervorragend als Rammböcke. Die ANOMALISTEN hatten zwar Barrikaden errichtet, aber die FERMIS ANGELS befestigten Ketten an ihnen und rissen sie mit ihren Motorrädern auseinander.

Ein wild hupender Rocker raste an Ivanova vorbei. Wie eine Trophäe schwang er den Kleiderfetzen eines ANOMALISTEN über dem Kopf, einen Erzbrocken, den er jetzt gegen die nächstgelegene Wand schleuderte. Ivanova zog ihre Waffe und näherte sich einer Gruppe von Rockern, die neben ihren geparkten Maschinen herumlungerten und sich unterhielten. »Heißt einer von Ihnen Carbon?«

Carbon löste sich, sichtlich gereizt, aus der Gruppe. Ivanovas Waffe schenkte er keinerlei Beachtung.

»Ja. Und wer sind Sie?« schnauzte er.

»Ivanova, der Erste Offizier der Station.«

Carbon stand breitbeinig da. Er hielt die Arme vor der Brust verschränkt und runzelte die Stirn. »Und was wollen Sie?«

»Ich möchte, daß Sie Ihre Leute dazu bringen, diesen Auflauf hier zu beenden.« Ivanova hielt nach Sicherheitsleuten Ausschau.

»Falls Sie die Bullen suchen, die haben sich längst dünngemacht«, brüstete sich Carbon. Seine Kumpane hinter ihm lachten hämisch.

Ivanova aktivierte ihr Com-Link. »Ivanova an Sicherheit. Ich stehe vor Konferenzraum drei und brauche dringend Verstärkung.« Sie wartete eine Weile, erhielt aber keine Antwort. »Sicherheit«, rief sie noch einmal in ihr Com-Link. Auch diesmal rührte sich nichts.

Also wandte sich Ivanova wieder den Rockern zu, die noch immer vor sich hin kicherten. »Ich sagte . . . gehen Sie auseinander!«

»Ich hab' den anderen Bullen schon dasselbe gesagt, bevor ich sie verscheucht habe, und Ihnen sag' ich's jetzt auch noch: Diese ANOMALISTEN da drin haben GOTT gelästert. Die haben eine Verlautbarung herausgegeben, daß uns GOTT durch diesen Wurm vor der Station nicht mitteilen will, daß überall Leben existiert. *Sie* glauben, er bedeutet, daß es nirgendwo Leben geben sollte. Das ist doch nicht zu fassen.«

»Glaubensfragen tun hier nichts zur Sache. Entscheidend ist einzig, daß Sie mutwillig die Einrichtung der Station zerstören und andere Bewohner und Gäste von *Babylon 5* in Gefahr bringen.«

Carbon runzelte die Stirn, dann begann er plötzlich zu lachen. »Habt Ihr das gehört, Leute?« brüllte er. »Die Kleine hier sagt, daß wir uns verziehen sollen.«

Es folgte rauhes Gelächter.

Silicon löste sich aus der Gruppe. Sie hatte eine Pfeife in der Hand. »Zeigen wir dem Mädel doch mal, wie schnell wir 'nen Abgang machen können.«

Hinter ihr stieg einer der ANGELS in den Sattel und trat den Starter. Der Motor heulte auf, als die Maschine von der Wand wegschoß. Sie entfernte sich ungefähr zwanzig Meter, drehte um und raste dann auf die Öffnung zu, die an der Stelle klaffte, an der früher die Tür gewesen war. Der herumliegende Müll eignete sich hervorragend als Rampe. Das Motorrad flog buchstäblich in den Konferenzraum hinein. Gleich darauf ertönten Schreie aus dem Inneren.

Unterdessen hatten auch die übrigen ANGELS ihre Maschinen in Gang gesetzt und folgten einer nach dem anderen ihrem Kameraden.

Silicon grinste noch immer Ivanova an. »Gefällt dir das, Süße?«

Commander Ivanova schaltete ihr Com-Link ein. »Garibaldi! Melden Sie sich.«

»Sie kennen den Chief?« unterbrach sie Carbon interessiert.

»Na klar«, erklärte Ivanova. »Garibaldi!« flehte sie ihr Com-Link an.

»Wo brennt's denn?« meldete sich Garibaldi endlich. Er klang ziemlich gequält.

»Ich brauche Ihre Hilfe«, antwortete Ivanova. »Äh, ich habe jetzt keine Zeit. Ich kann G'Kar nicht allein lassen. Wir müssen uns um ein größeres Problem kümmern.« Commander Ivanova konnte Schüsse im Hintergrund hören.

»Ist das der Chief? Lassen Sie mich mit ihm reden.«

»Ähem.« Ivanova zögerte, aber Carbon hatte sich bereits ihr Handgelenk geschnappt und sprach in ihr Com-Link: »Chief? Was liegt an, Mann?«

»Carbon?«

»Klar, Kumpel.«

Einen Moment lang waren über Ivanovas Com-Link nur Schüsse zu hören. »Was treibt ihr denn, Carbon? Ihr macht meiner besten Freundin Susan doch keinen Ärger, oder?«

»Das ist deine Braut? Mann, tut mir leid. Ich hatte ja keine Ahnung.«

»Schon in Ordnung, Carbon. Aber macht es ihr nicht zu schwer, klar?«

»Wie du willst, Mann.«

Wieder hörten sie Schüsse im Hintergrund.

»He, Kumpel«, wollte Carbon wissen, »du steckst doch nicht in der Klemme, oder?«

»Na ja, irgendwie schon«, erklärte Garibaldi.

»Dann hauen wir dich raus, Mann!«

»Das wär' großartig, Carbon. Ich bin in der Nähe vom *Zocalo*.«

Carbon drehte sich zu den anderen ANGELS um und rief: »He! Hört mal alle her! Wir müssen was erledigen. Kommt raus da – und zwar sofort.«

Augenblicklich preschten die Rocker mit dröhnenden Motoren aus dem Konferenzraum und nahmen vor der Tür in einer Reihe Aufstellung.

Carbon wandte sich noch einmal an Susan. »Tut mir echt leid, daß wir uns so aufgeführt haben«, entschuldigte er sich. »Tut mir echt leid.«

Ivanova hielt sich zurück. Leicht verwirrt beobachtete sie, wie die FERMIS ANGELS in Richtung *Zocalo* davonbrausten. Sie bemerkte Silicons mürrischen Gesichtsausdruck, als diese an ihr vorüberfuhr. »Mit mir wäre der Chief besser bedient«, maulte die Rockerbraut zum Abschied.

Dann stand Ivanova alleine da. Der Staub, den die Motorradgang aufgewirbelt hatte, legte sich allmählich wieder. Langsam bahnte sie sich ihren Weg über die Müllhaufen in den Konferenzraum. Sie schlüpfte durch das Loch in der Wand hinein. Der Raum war ein einziges Trümmerfeld; Wände und Decke voller Löcher. Die Mitglieder von LEBEN IM WANDEL wälzten sich stöhnend auf dem Boden. Sie hielten sich die Köpfe und diverse andere Körperteile. Einzelne Bestandteile ihrer mineralischen Kleidung waren über den Boden verstreut.

Als Susans Blick auf diese Jammergestalten fiel, wurde ihr klar, wie erschöpft sie selbst war.

»Vielleicht habt ihr gar nicht so unrecht, wenn ihr behauptet, das Leben wäre so eine Art Unfall«, murmelte sie. Dann bückte sie sich, um einem der Unglücklichen aufzuhelfen.

26

Garibaldi bezweifelte, daß ihm die Motorradgang noch helfen konnte. Er hätte es nie für möglich gehalten, daß er auf *Babylon 5* einmal mit einem Narn hinter einer Marktbude kauern und um sein Leben bangen würde. Wieder einmal versuchte er vergeblich, O'Connor zu kontaktieren, einen von seinen Sicherheitsleuten.

Als er sich mit G'Kar dem *Zocalo* näherte, hatten sie feststellen müssen, daß hier wieder gekämpft wurde. Und Templeton lag bewußtlos am Boden, nicht weit von der Bar entfernt, hinter der er zuvor in Deckung gegangen war.

Garibaldi ließ G'Kar im Schutz der Marktbude zurück; er schaffte es, bis zur Bar vorzudringen. Dort angekommen, sah er zu seinem Entsetzen, daß der Botschafter der Centauri, Londo Mollari, verschwunden war.

»Den haben wir«, ertönte ein Schrei vom anderen Ende des *Zocalo.*

»Wer seid ihr, daß ihr es wagt, das zu tun?« mischte sich G'Kar ein.

»Auf dich haben wir lange genug gehört«, kam die Antwort. »Jetzt ist die Zeit gekommen, die Narn zu rächen.«

»Laßt den Botschafter frei!« befahl G'Kar.

»Wir werden diesen Kriminellen vor Gericht stellen, wie er es verdient hat.«

Es fielen wieder Schüsse. Garibaldi mußte in Deckung bleiben. »Erlaubt mir wenigstens, mich um meinen verletzten Offizier zu kümmern«, rief er. Sein Blick ruhte auf Templeton, der gar nicht gut aussah.

»Machen Sie, was Sie wollen – sobald wir weg sind.«

Jetzt setzte Dauerfeuer ein. Bis plötzlich, von der anderen Seite, die FERMIS ANGELS einfielen. Sie fuhren mit ihren dröhnenden Maschinen die letzten unbeschädigten Stühle und Tische über den Haufen.

»Garibaldi! Hier sind wir, Kumpel!« ertönte Carbons Gebrüll.

Die Narn-Krieger machten sich unauffällig davon, während Garibaldi langsam aufstand. Jetzt war es fast völlig still auf dem *Zocalo.* Nur die Plasmamotoren der ANGELS-Maschinen tuckerten noch vor sich hin.

Carbon bockte seine Maschine auf, ging zu Garibaldi hinüber und klopfte ihm auf die Schulter. »Freut mich, daß wir dir 'nen Gefallen tun konnten, Mann.«

»Könnt ihr mir helfen, meinen Offizier hier wegzuschaffen?«

»Klar, Mann«, beteuerte Carbon und hob Templeton mit Leichtigkeit hoch. Zu Garibaldis Erleichterung stöhnte dieser dabei leise auf.

»Wohin mit ihm, Mann?«

»Ins Med-Lab«, entgegnete Garibaldi.

»Klar. Auf ins Med-Lab, Leute«, verkündete Carbon.

Kurz darauf waren die Motorräder so rasch verschwunden, wie sie aufgetaucht waren. Während sich der Staub legte, ging Garibaldi auf G'Kar zu.

»Wir stecken in ziemlichen Schwierigkeiten«, meinte Garibaldi.

»In der Tat«, stimmte G'Kar zu.

Zwanzig Minuten später hatte Chief Garibaldi alle verfügbaren Sicherheitsoffiziere um sich versammelt. Das waren nicht so viele, wie er gehofft hatte. Er wußte, daß Gruppen von Centauri bereits auf der Suche nach Londo die Station durchkämmten. Garibaldi konnte nur hoffen, daß er den Botschafter zuerst finden würde. G'Kar gab vor, nicht zu wissen, wer Mollari entführt hatte.

»Das waren bestimmt Flüchtlinge«, erklärte er. »Soweit ich weiß, ist niemand, der mir persönlich bekannt ist, in diese Sache verwickelt. Ehrlich gesagt, ich habe geträumt, daß genau das passieren würde. Und mein Traum endete damit, daß auf der Station ein regelrechter Krieg ausbrach. Es war ein grauenvoller, äußerst beunruhigender Traum.«

»Und deshalb werden Sie mir jetzt auch dabei helfen, Londo zu finden, oder?« fragte Garibaldi.

Der Narn setzte dazu ein mürrisches Gesicht auf. Dann erklärte er: »Ich wünsche Mollari einen langsamen, schmerzhaften Tod. Aber aus besagtem Grund, und nur deshalb, werde ich Ihnen helfen.«

»Gut«, sagte der Chief und verzog nun seinerseits das Gesicht. »Jetzt brauchen wir nur noch ein bißchen Glück.«

Zuerst durchsuchten Garibaldis Leute die Quartiere der Narn, aber schon bald wurde deutlich, daß Botschafter Mollari dort nicht versteckt gehalten wurde. Und die Centauri hatten sie bereits heimgesucht.

»Ich fürchte«, verkündete G'Kar ernst, »wir könnten unsere Suche noch wochenlang erfolglos fortsetzen. Ich will ja nicht angeben, Mr. Garibaldi, aber meine Leute sind in der Not ausgesprochen erfinderisch.«

Garibaldi wollte gerade antworten, als sein Com-Link piepste. »Hier Garibaldi.«

»Chief?« meldete sich die Sicherheitszentrale. »Botschafter Mollaris Entführer haben sich gemeldet. Wenn Sie Ihre Suche nicht sofort abbrechen, bringen sie ihn um. Sie sagen, daß sie ihn an einem schwer zugänglichen Ort versteckt halten. Und sie würden es merken, wenn Sie in ihre Nähe kommen. Wir konnten nicht zurückverfolgen, von wo der Funkspruch kam. Obwohl ich nicht glaube, daß sie aus der unmittelbaren Umgebung des Botschafters gesendet haben.«

»Bestimmt nicht.«

»Sie wollen sich in zehn Minuten wieder mit uns in Verbindung setzten. Dann erwarten sie unsere Antwort. Angeblich können sie feststellen, ob wir uns an ihre Forderungen halten.«

Garibaldi dachte darüber nach.

»Was soll ich ihnen sagen, Chief?«

»Sagen Sie, wir akzeptieren ihre Forderungen. Aber machen Sie ihnen auch klar, daß es aus mit ihnen ist, wenn sie dem Botschafter auch nur ein Haar krümmen. Verstanden?«

»Verstanden, Chief.«

»Und versuchen Sie noch einmal festzustellen, von wo der Funkspruch kam. Vielleicht bringt uns das doch noch auf ihre Spur.«

»In Ordnung, Chief.«

Garibaldi schaltete sein Com-Link ab und wandte sich an G'Kar.

»Werden Sie Ihr Wort halten?« wollte der von ihm wissen.

»Ich habe keine andere Wahl, G'Kar. So wie sich die Lage jetzt zuspitzt, muß ich damit rechnen, daß sie Mollari wirklich umbringen, wenn wir ihnen zu nahe kommen.«

G'Kar nickte. »Da muß ich Ihnen bedauerlicherweise zustimmen. Ich kenne meine Leute, und ich bin sicher, daß sie keine leeren Drohungen ausstoßen.«

»Fragt sich nur, was die jetzt mit Londo anstellen.«

Zehn Minuten später piepste Garibaldis Com-Link erneut. »Hier Garibaldi.«

»Chief? Die Entführer haben sich wieder gemeldet. Sie sagen, es ist ein Glück, daß Sie sich an ihre Forderungen gehalten haben. Angeblich wissen sie, wo Sie sich im Moment aufhalten. Wenn Sie Ihre Suche fortgesetzt hätten, wäre Botschafter Mollari jetzt bereits tot. Sie raten uns, ihnen nicht in die Quere zu kommen.«

»Konnten Sie diesmal feststellen, woher der Funkspruch kam?«

»Ja, nach unserer Anzeige kam er aus einem Lastenaufzug, keine zwanzig Meter von Ihnen entfernt, Chief.«

»Ich wette, der Aufzug ist mittlerweile verlassen.«

»Das ist noch nicht alles, Chief. Sie haben angekündigt, daß sie jetzt über Botschafter Mollari zu Gericht sitzen werden. Und wenn sie ihn seiner Verbrechen für schuldig befinden, wird er exekutiert.«

27

Delenn, die Botschafterin der Minbari, schlief unruhig. Als sie zum letztenmal geschlafen hatte, im Besprechungsraum, mit Captain Sheridans Jacke zugedeckt, war sie erfrischt aufgewacht. Sie hatte zwar geträumt, aber sie hatte die Empfindung gehabt, ihre Träume wie ein unbeteiligter Betrachter zu erleben.

Aber jetzt stand sie wieder im Mittelpunkt ihrer Alpträume, und wieder war Captain Sheridan ihr Gegner.

Sie befanden sich in einem riesigen Amphitheater. Am azurblauen Himmel über ihnen standen nur ein paar Wölkchen; am Boden des Amphitheaters saftiges, gleichmäßig gemähtes Gras, das an manchen Stellen niedergedrückt war. Auf der Tribüne drängten sich Scharen von Zuschauern. Aber als Delenn zu ihnen hinaufsah, vermochte sie ihre Gesichter nicht zu erkennen. Vielleicht schien ihr die Sonne ins Gesicht, oder die Tribüne lag im Schatten – die Zuschauer waren für sie nur eine schreiende Masse gesichtsloser Wesen.

Plötzlich wurde das Geschrei noch lauter. Delenn blickte über den Rasen und entdeckte John Sheridan. Er preschte auf sie zu, im Sattel eines seltsamen sechsbeinigen Tieres, das an ein irdisches Pferd erinnerte. Es hatte seinen Kopf stolz in den Nacken geworfen, seine Hufe trommelten so kraftvoll auf den Boden, daß Erdklumpen und Gras davonspritzten, sein Blick war von

Haß und Angst erfüllt, seine geblähten Nüstern dampften. Das Tier hatte Schaum vor dem Maul, und zwischen seinen gefletschten Zähnen konnte man die blutrote Zunge sehen. Seine tiefschwarzen Augen waren weit aufgerissen.

John Sheridan wirkte nicht weniger wütend als das Reittier. Er trug eine bunte, verzierte Rüstung. Stählerne Manschetten schützten seine Gelenke, und sein Kettenhemd zierte ein Bild der Erde. Seine Hände steckten in dicken, schwarzen Lederhandschuhen. Das Visier an seinem Helm hatte er hochgeklappt, so daß man sein grimmiges Gesicht erkennen konnte. Unter seinem Arm hatte er eine silberne Lanze eingelegt. Delenn hatte noch nie eine schärfere Klinge gesehen.

»Delenn!« schrie er und beugte sich kampfbereit nach vorne. »Zeit zu sterben!«

Da fand sich Delenn ebenfalls im Sattel eines sechsbeinigen Reittieres wieder, das auf Captain Sheridan zugaloppierte. Wie er trug sie ein Kettenhemd, nur, daß auf ihrem Minbar in seiner ganzen Pracht abgebildet war. Und auch sie war mit einer Lanze bewaffnet, deren Spitze nicht weniger scharf als die des Captains war.

Der Lärm der über den Rasen donnernden Hufe übertönte sogar die Rufe der Zuschauer.

Die beiden Reiter rasten aufeinander zu. Delenn konzentrierte sich auf Sheridans Gesicht. Es war von blankem Haß erfüllt. Die Tiere jagten aneinander vorbei. Die Lanzen der beiden Reiter verfehlten ihr Ziel nur knapp. Aus den Reihen des Publikums ertönten enttäuschte Buhrufe, während die Reiter innehielten und langsam zur nächsten Runde wendeten.

»Diesmal hat deine letzte Stunde geschlagen, Delenn!« rief ihr Sheridan zu.

Delenn drehte sich der Magen um, als Sheridan seinem Tier abermals die Sporen gab und lospreschte. Widerstrebend spornte auch sie ihr Reittier an, legte ihre Lanze ein und zielte genau auf

Sheridans Brust. Wieder galoppierten die beiden Rosse aufeinander zu; die Brustkörbe hoben und senkten sich, die Hufe gruben sich in den Boden.

John Sheridan starrte Delenn haßerfüllt an. Er hielt seine Lanze fest umschlossen, hob sie an und richtete sie auf Delenns Herz. Dann trafen sie aufeinander. Beide Lanzen fanden ihr Ziel; beide Streiter wurden im selben Moment aus ihren Sätteln gehoben. Beim Aufprall wurden ihnen die Lanzen aus den Händen gerissen. Doch blieben beide unverletzt. Ihre Brustpanzer hatten sie gerettet.

Delenn lag auf dem Boden. Sie rang nach Luft. Dann spürte sie die nahende Gefahr und rappelte sich hoch. Ihr Tier war nicht weit entfernt stehengeblieben. Sie lief zu ihm und zog das Schwert, das an seiner Seite hing, aus der Scheide.

Da stürzte sich auch schon Sheridan, eine kleine Streitaxt schwingend, auf sie. Mordlust blitzte in seinen Augen. »Jetzt ist es aus mit dir!« brüllte er und drang mit seiner Axt auf sie ein.

Delenn riß ihr Schwert in die Höhe und parierte seinen Hieb. Seine Axt traf ihr geschütztes Knie, dann hob er sie erneut. »Stirb!« schrie er, während die Axt wieder auf sie herabsauste.

Delenn konnte den Hieb zwar abwehren, wurde aber dadurch weiter am Boden gehalten. Die Schreie der Menge dröhnten immer lauter in ihren Ohren. Sie konnte einen kurzen Blick zur Tribüne werfen und erkannte jetzt, daß sie mit Menschen gefüllt war. Sie hatten sich von ihren Sitzplätzen erhoben und jubelten Sheridan zu.

»Stirb!« rief er noch einmal. Wieder schlug er mit seiner Axt nach ihr, und diesmal löste sich ihre Hand vom Schwert.

»John – bitte«, flehte sie verzweifelt und hielt die Hände schützend vor das Gesicht. Er stellte sich breitbeinig über sie und holte noch weiter aus. Einen Augenblick verharrte er so. Das Gebrüll des Publikums erreichte seinen Höhepunkt.

Dann sauste die Streitaxt herab.

28

Wo bin ich? Martina Coles erwachte und mußte feststellen, daß das Summen in ihrem Kopf noch weiter angewachsen war. Sie konnte sich auf nichts mehr konzentrieren. Einen Moment lang konnte sie sich nicht einmal an ihren Namen erinnern.

Wo bin ich?

In panischer Angst sah sie sich um und entdeckte ein bekanntes, aber gleichzeitig fremdes Gesicht. Auch der Raum um sie herum schien ihr sowohl vertraut als auch fremd. Sie versuchte, sich aufzurichten, doch es gelang ihr nicht.

»Was geschieht mit mir?« fragte sie.

»Versuchen Sie, sich zu entspannen«, antwortete die Stimme, die zu dem bekannten und doch fremden Gesicht gehörte. »Sie sind jetzt wieder in Ihrem Quartier. Botschafter Kosh hat uns verständigt. Sie waren bewußtlos. Er hatte bereits vergeblich versucht, Sie wiederzubeleben. Es bestand die akute Gefahr einer Vergiftung durch das Methan in seinem Quartier. Deshalb hat er uns gebeten, Sie da rauszuholen.«

Endlich erkannte sie das Gesicht über ihr. Ja, ganz gewiß. Garibaldi. »Ich . . .«

Garibaldi legte ihr einen Finger auf den Mund. »Sagen Sie nichts. Ich habe hier ein Medikament von Dr. Franklin. Damit können Sie sich mal richtig ausschlafen. Danach unterhalten wir uns.«

Der Sicherheitschef verabreichte ihr seine letzte Schlaftablette. Er hielt ihr ein Glas Wasser an den Mund, und sie trank. Mit der anderen Hand stützte er ihren Kopf. Er konnte fühlen, wie angespannt sie war. Schließlich bettete er sie wieder in ihr Kissen. »In ein paar Stunden bin ich wieder da.«

Zu seiner Überraschung nickte sie ihm zu und brachte sogar ein schwaches Lächeln zustande. »In Ordnung« sagte sie.

»Gut«, sagte Garibaldi und stand auf. Beim Hinausgehen löschte er das Licht.

Da war es wieder. Martina Coles fühlte es genau. Das Summen in ihrem Kopf war nur noch ein Hintergrundgeräusch; es war leiser geworden, seit sie die Tablette eingenommen hatte, war jetzt ganz sanft, fast schon beruhigend. Ihr Denken beherrschte einzig der Wurm. Er schwebte vor ihren Augen, wand sich wie ein Band, schien allein für sie zu tanzen.

Als sie die Hand ausstreckte, um nach ihm zu greifen, um vielleicht auf ihm durch den Weltraum zu reiten wie auf einem Delphin, entwand er sich sanft ihrem Griff. Wieder versuchte sie, ihn zu packen und festzuhalten, doch schien er sie zu spüren und wich ihr abermals aus. Aber sie schwebte über ihm, tauchte unter ihm durch. Der Wurm, grün und schimmernd, erstreckte sich in die Unendlichkeit.

Da schoß ihre Hand blitzschnell vor und drang in den Wurm ein . . . Sie griff ins Leere.

Drei Stunden später kehrte Garibaldi in Begleitung des ziemlich erschöpften Captain Sheridan zu ihr zurück. An Garibaldis Uniform fehlte ein Ärmel.

Sie starrte ihn gebannt an, während sie sich aufsetzte. Garibaldi grinste müde. »Vor einer halben Stunden bin ich in eine kleine Rauferei mit ein paar Drazi geraten«, berichtete er. »Die haben zwar meinen Ärmel, aber den Kragen haben sie nicht gekriegt.«

Captain Sheridan sagte: »Miss Coles, ich muß Sie bitten, uns alles zu erzählen, was Sie über den Wurm wissen.«

»Ich weiß gar nichts über den Wurm«, beteuerte sie.

Sheridan zeigte eine verärgerte Miene, da trat Garibaldi vor. »Erzählen Sie uns einfach, was bei Ihrer Unterhaltung mit Kosh vorgefallen ist«, schlug er vor.

Martina erzählte: »Kosh hat mir etwas gezeigt. Er hat mich

einen Blick auf etwas werfen lassen, das er selbst gesehen hat. Es hat ihm große Sorgen bereitet, oder ...« Sie blickte zu Garibaldi hoch. »... genauer gesagt, er war entsetzt.«

»Was für ein Gefühl war das?« wollte Captain Sheridan wissen. »Schildern Sie uns Ihre Eindrücke. Wieso ist der Wurm hier?«

»Ich habe keine Ahnung, wieso der Wurm hier ist. Ich kann Ihnen allenfalls schildern, wie ich ihn sehe.«

»Und wie sehen Sie ihn?«

»Er ist eine Art Geist.«

Captain Sheridan konnte seine Enttäuschung nicht verhehlen. »Das hilft mir kein bißchen weiter.«

Martina sah ihn ruhig an. »Mehr weiß ich nicht.«

»Stellt er eine Gefahr für uns dar? Ist er hier, um uns zu vernichten? Ich brauche Antworten auf diese Fragen als Grundlage für meine Entscheidungen.«

»Ich kann Ihnen nicht mehr sagen, als ich weiß.«

»Ich muß mit Kosh sprechen«, sagte Sheridan, »und ich will, daß Sie noch einmal versuchen, ihn zu scannen.«

»Das wird er nicht zulassen«, erklärte Martina entschieden. Sie fühlte bereits, wie das Summen in ihrem Kopf wieder anschwoll. Die Wirkung der Tablette ließ nach. »Außerdem fürchte ich, daß ich von jetzt an nicht mehr viel für Sie tun kann.«

»Aus welchem Grund?« erkundigte sich Garibaldi.

»Weil der Wurm meine Gedanken beherrscht. Er überwältigt mich.«

»Vielleicht kann Ihnen Dr. Franklin helfen«, schlug Garibaldi vor, während sich Martina wieder hinlegte und die Augen schloß. Das Summen dröhnte bereits wieder in ihren Ohren. »Oh, mein Gott! Es kommt immer näher«, stöhnte sie.

»In nur sechs Stunden wird *es* die Station erreichen«, bekräftigte Captain Sheridan. »Miss Coles, können Sie uns wirklich nichts über die Absichten des Wurmes sagen?« fragte er noch einmal.

»Ich kann Ihnen nur soviel sagen«, erklärte Martina mit zusammengekniffenen Augen. Die Schmerzen wurden unerträglich. »Ich empfange keine *Absichten* von diesem Wurm. Überhaupt nichts. Das heißt, alles ist möglich, wenn er uns erreicht.«

Mit vor Schmerz verzerrter Miene bekräftigte sie noch einmal: »Alles ist möglich.«

29

Bevor er Koshs Quartier aufsuchte, mußte sich Sheridan noch um drei Bewußtlose kümmern, die im Alien-Sektor auf dem Boden lagen. Alles schien im Chaos versinken zu wollen.

Etwas später stand er dann endlich vor Koshs Tür. Sie öffnete sich, und er trat ein. Eine Methanwolke waberte hoch, als sich die Tür hinter Sheridan schloß. Dann löste sich der Botschafter aus den Nebelschwaden und begrüßte ihn. Koshs Sprechgerät leuchtete unter seinem Umhang auf.

»Captain«, sagte er schlicht.

»Botschafter«, begann Sheridan respektvoll, »ich möchte Sie um einen großen Gefallen bitten. Wir haben mit Martina Coles gesprochen, der Repräsentantin des Psi-Corps. Sie hat uns erzählt, daß Sie sie empfangen haben und sich sogar von ihr scannen ließen.«

Nach einer kurzen Pause leuchtete das Sprechgerät wieder auf. Koshs Worte erinnerten an Gesang. »Das ist nicht ganz richtig«, entgegnete er.

»Dann könnten Sie die Angelegenheit vielleicht aufklären?« bat Sheridan. Der Vorlone schwieg.

»Botschafter«, versuchte es Sheridan noch einmal, »haben Sie Miss Coles erlaubt, Sie zu scannen?«

»Sie hat ein Fragment gesehen.«

»Also haben Sie sich von ihr scannen lassen?«

»Nur ein Fragment.«

»Und was für ein Fragment war das? Hatte es mit dem Wesen des Wurms zu tun?«

Der Vorlone blieb stumm.

»Schauen Sie«, fuhr Sheridan fort, »ich hoffe, Sie verstehen mein Problem. Der Wurm ist nur noch zwölf Stunden von der Station entfernt, und ich weiß praktisch nichts über ihn. Die Erdzentrale will, daß ich einen Angriff gegen ihn befehle. Dann die Alpträume. Die ganze Station ist in Aufruhr. Ich brauche so viele Informationen wie möglich. Also, wissen Sie irgend etwas über den Wurm?«

Nach einer kurzen Pause antwortete der Vorlone: »Ich habe ihn studiert.«

»Und was können Sie mir mitteilen?«

»Nichts.«

Sheridan rang um seine Fassung. »Was bedeutet das?«

Der Vorlone entfernte sich immer weiter von Sheridan. Plötzlich wurde dem Captain klar, daß Kosh ihn loswerden wollte. »Botschafter, stört es Sie, daß ich hier bin?«

»Die Gegenwart anderer ist momentan sehr anstrengend für mich.«

»Also sind auch Sie davon betroffen? Wie alle anderen an Bord der Station?«

»Ja.«

Sheridan wollte einen letzten Versuch wagen. »Ich werde Sie nicht länger belästigen, Botschafter, aber ich *muß* Sie noch einmal fragen: Was wissen Sie über den Wurm?«

»Nichts.«

»Gar nichts?«

»Ich habe Miss Coles soviel gezeigt, wie sie ertragen konnte. Ein Fragment von nichts.«

»Sie sprechen einmal mehr in Rätseln, Botschafter«, bemerkte

Sheridan verwirrt. »Ich hatte angenommen, darüber wären wir hinaus.«

»Ich habe Ihnen alles gesagt.«

»Können Sie mir einen Rat geben, wie ich *Babylon 5* retten kann? Irgend etwas?«

Der Botschafter zog sich noch weiter zurück. Die Nebelschwaden hüllten ihn teilweise bereits wieder ein. Seine Kommunikationseinrichtung leuchtete noch einmal auf, aber es erklang nur das Echo einer fernen Melodie.

»Botschafter?«

»Bitte, gehen Sie.« Damit verschwand der Vorlone vollständig in den Methanwolken.

Nachdem ihn der Mensch verlassen hatte, wurde Kosh von seinen fremdartigen Gedanken überwältigt. Ein mächtiger Sturm tobte in seinem Kopf. Und inmitten des Sturms wand sich, wie im Traum, eine gigantische grüne Form. Wie eine Schlange erstreckte sie sich über den Himmel, spiegelte sich in den Augen des Vorlonen wie eine Million Sonnen und brannte sich in sein Gehirn.

30

»Warten Sie!« befahl Commander Ivanova. Sie wich nicht vom Fleck, aber sie wußte nicht, wie lange sie dem Mob, der sich vor ihr versammelte, noch standhalten würde. Zum drittenmal betätigte sie ihr Com-Link. »Hier Commander Ivanova. Bitte schicken Sie *sofort* eine Sicherheitseinheit zum Hangar acht! Dies ist ein Notfall.«

Aber auch diesmal blieb ihre Bitte ungehört. Das Com-Link gab lediglich ein Rauschen von sich. Die Sicherheitszentrale war anscheinend nicht besetzt – oder noch schlimmer. Hinter ihr wartete der Frachter *Pegasus* noch immer an seinem Platz im

Hangar; seine Antriebsdüsen waren den großen Außentoren zugewandt. Vor ihr drängten sich aufgeregte Passagiere, die an Bord gehen wollten.

Ivanova fühlte sich plötzlich mutterseelenallein. Ihr war klar, daß sie diese Situation nur meistern konnte, wenn es ihr gelang, mit dem Captain des Frachters fertig zu werden. Sie richtete ihre Waffe auf den bärtigen Mann, der neben ihr stand. Jeder konnte sehen, daß sie auf maximale Feuerkraft eingestellt war.

»Captain Hendricks?« sagte sie zu dem Mann, der nicht weniger verschreckt war als seine Fluggäste.

»Was wollen Sie, Commander?« verlangte er zu wissen.

»Sie haben die Wahl. Entweder Sie sorgen dafür, daß Ihre Passagiere auseinandergehen, obwohl sie Wucherpreise bezahlt haben, um auf Ihrem Frachter wie in einem Viehwaggon die Station verlassen zu können, oder ich erschieße Sie. Meine Position gibt mir das Recht, so zu handeln, und ich werde Gebrauch davon machen. Sie haben versucht, *Babylon 5* ohne meine Genehmigung als Transportoffizier zu verlassen. Deshalb war ich gezwungen, meinen Posten in der Kommandozentrale zu verlassen, um Sie persönlich aufzuhalten. Falls Sie jetzt mit Ihrem überfüllten und überladenen Schiff starten, besteht die Gefahr, daß alle, die Sie übers Ohr gehauen haben, verletzt oder sogar getötet werden. Ihre Passagiere sollten wissen, wie ihre Chancen stehen. Narn, Minbari, Menschen und Centauri patrouillieren vor der Station. Selbst wenn es Ihnen gelingt, *Babylon 5* zu verlassen, ohne daß eines ihrer Schiffe auf Sie feuert, wird man Sie finden und später vor Gericht stellen. Das können Sie sich nur ersparen, wenn Sie Ihr Schiff jetzt abschließen und diesen Leuten sagen, daß sie wieder gehen sollen.«

Einen Moment lang blieb alles still. Commander Ivanova hielt ihre Waffe fest umklammert und zielte weiter auf Hendricks. Dann meldete sich eine Stimme zu Wort: »Netter Vortrag. Aber wie sollen wir dann hier wegkommen?«

»Es besteht überhaupt kein Grund, die Station zu verlassen«, erklärte Ivanova. »Es gibt keine Anhaltspunkte dafür, daß uns der Wurm feindlich gesinnt ist.«

Ein Aufschrei ging durch die Menge. Einige machten ihrem Herzen Luft: »In fünf Stunden ist von *Babylon 5* nichts mehr übrig!« ... »Der Wurm wird uns vernichten!« ... »Ich will nicht sterben!« ... »Lassen Sie uns jetzt endlich gehen!« ... »Die Minbari werden uns alle töten!« ... »Ich hasse die Narn!« ... »Laßt uns hier verschwinden!«

Commander Ivanova schrie so laut sie konnte: »*Bitte*, hören Sie mich doch an!«

Plötzlich drängten alle vorwärts. Ivanova wurde zur Seite gestoßen, sie stürzte und verlor ihre Waffe. Während die Leute an ihr vorbeistolperten, kroch sie aus der Gefahrenzone. Sie konnte gerade noch sehen, wie Captain Hendricks überrannt wurde. Die Menge konnte nicht schnell genug zu seinem Schiff gelangen.

Mein Gott, dachte Ivanova, *die werden diesen Hangar noch in Stücke reißen.*

Sie stand wieder auf und schrie: »Halt!« Aber es war zu spät. Alle hatten sich gleichzeitig auf die offene Luke gestürzt. Einige waren einfach überrannt worden.

Aus dem Inneren der *Pegasus* hörte man, daß der Antrieb vorzeitig gezündet wurde. Ivanova sah, wie Captain Hendricks verzweifelt versuchte, sich durch den Mob zu seinem Schiff durchzuschlagen. Er blickte sich noch einmal zu ihr um, dann wurde er vom Strom der in Panik geratenen Menschen in Richtung Luke mitgerissen. Die Antriebsdüsen des Frachters heulten auf. Eine Welle von Hitze und Feuer verbrannte die fest verschlossenen Hangartore. Da machte die Menschenmenge kehrt.

»Raus hier!« ertönte ein Schrei. »Haut ab!«

Die Antriebsdüsen der *Pegasus* heulten noch einmal kurz auf. Das Schiff erzitterte. Die zweite Hitzewelle versengte die Verriegelung der Hangartore an einer Seite. Sie brach, und in Sekundenschnelle entwich der Sauerstoff aus dem Hangar.

»Kommandozentrale!« brüllte Ivanova in ihr Com-Link. »Wir haben ein Leck in Hangar acht!«

Sie griff sich eine Frau, die, einen kleinen Jungen an der Hand, mit entsetzt aufgerissenen Augen an ihrer Seite aufgetaucht war, und stürzte auf die Tür zu, die ins Innere der Station führte.

»Raus hier!« rief sie und stieß die beiden durch die geöffnete Tür. Ein verschreckter alter Mann stolperte an ihr vorbei. Sie packte ihn am Arm und schubste ihn hinter den beiden anderen her.

»Sie auch. Kommen Sie!« kreischte die hysterische Frau. Sie ließ ihren Jungen los und zerrte an Ivanova, so daß diese ihr Gleichgewicht verlor und im letzten Augenblick durch die Tür taumelte, die sich den Bruchteil einer Sekunde später automatisch schloß.

Ivanova rappelte sich wieder auf und beobachtete durch das Fenster der verschlossenen Tür die grauenvollen Szenen, die sich jetzt in Hangar acht abspielten. Mit einem Dröhnen zündeten die Antriebsdüsen der *Pegasus* ein drittes Mal. Damit wurden die Hangartore endgültig aus ihrer Verankerung gerissen und ins All katapultiert. Der Sauerstoff strömte aus, und der Druck fiel schlagartig ab, während der Frachter von seinem Andockplatz abhob.

Um ihn herum wurden die Passagiere, die es nicht mehr an Bord geschafft hatten, ins All hinausgeschleudert. Es sah aus, als würden sie nach draußen gesaugt und von der Rotation der Station davongetragen werden.

Wie in Zeitlupe wurde die *Pegasus* aus dem Dock gezogen. Ivanova sah noch, wie jemand verzweifelt versuchte, die Einstiegsluke des Frachters zu schließen, bevor sich das Schiff wegdrehte. Dann wurden die Maschinen angeworfen.

Einen Moment lang sah es so aus, als hätte der Frachter eine

Chance. Aber dann kam ihm ein Shuttle in die Quere. Es rammte seine Flanke und riß den Rumpf des Schiffes auf. Die Antriebsdüsen wurden noch ein paarmal vergeblich gezündet, dann ging das Heck der *Pegasus* in Flammen auf.

Ivanova verlor den Frachter aus den Augen. Sie wandte sich um und wollte nach den überlebenden Passagieren sehen, aber die waren inzwischen allesamt verschwunden. Die technischen Hilfsmannschaften trafen ein, um zu retten, was zu retten war. Aber es war nichts mehr zu retten.

Völlig erschöpft und tief erschüttert machte sich Ivanova auf den Weg zurück in die Kommandozentrale, in der sie vermutlich die nächste Katastrophe erwartete.

31

Reverend Bobby James Galaxy offenbarte sich der entscheidende Plan im Traum. Das Oberhaupt der GEMEINDE DER SOLAREN ERLEUCHTUNG war an solche Träume gewöhnt. Er hatte sich sein ganzes Leben lang von Träumen den rechten Weg weisen lassen. Zuerst hatte er davon geträumt, in Baltimore auf der Erde gebrauchte Fahrzeuge zu verkaufen – gestohlene Fahrzeuge. Als ihm der Boden auf der Erde zu heiß geworden war, hatte er sich auf den Mars abgesetzt. Dort hatten sich ihm völlig neue Möglichkeiten aufgetan.

Eine Zeitlang war alles gutgegangen, und er hatte schöne Träume gehabt: Er hatte davon geträumt, reich zu sein und war tatsächlich zu Reichtum gekommen. Auf dem Mars hatte sich der Verkauf von gewissen Handelsgütern, unter anderem von Waffen aller Art, als ausgesprochen profitables Geschäft erwiesen.

Er hatte von Frauen geträumt und Frauen bekommen. Er hatte von Luxus geträumt und im Luxus gelebt. Er hatte allerdings nicht geträumt, daß ihn die Earthforce wegen eines kleines Waffengeschäftes mit den Rebellen drankriegen würde. Aber in einem früheren Traum war ihm eine gefälschte Identicard und ein Fluchtweg offenbart worden, für den Fall, daß er einst in unvorhersehbare Schwierigkeiten geraten sollte.

So war er nach *Babylon 5* gekommen. Und hier auf der Station gingen seine Geschäfte wieder ganz ausgezeichnet. In der Unterwelt wurden alle mögliche Waren von allen möglichen Leuten verschoben. Da fand Bobby James Galaxy – früher unter dem Namen Harold Schnickelheimer bekannt – die geeignete Kundschaft für seine neueste Ware: Erlösung.

Seit der Wurm erschienen war, gingen die Geschäfte besonders gut. Für die Unterweltler war die Erlösung eine wertvolle Handelsware, wagten sie doch selbst kaum davon zu träumen, Erlösung zu finden. Jedenfalls bis Bobby James Galaxy aufgetaucht war und angefangen hatte, *für sie* zu träumen. Zum Dank dafür hingen sie an ihm wie die Kletten. Die Geschäfte liefen praktisch von selbst. Sogar Waffen an mordlüsterne Amokläufer zu verkaufen bereitete größere Mühe.

Aber sonderbar, neuerdings waren seine Träume von wahren Offenbarungen erfüllt. Am Anfang hatte sich Bobby James Galaxy damit zufriedengegeben, seine Show abzuziehen und die Kuh so gründlich wie möglich zu melken. Aber seit einigen Tagen handelten seine Träume nicht mehr nur von seinen egoistischen Wünschen, sondern von *wahren* Bedürfnissen. Früher hatte er eine Handvoll geistig minderbemittelter Unterweltler mit ein paar Ammenmärchen über die Verderbtheit der Außerirdischen in Null Komma nichts zur Raserei gebracht. Schließlich hatten die Außerirdischen mehr Geld als die Unterweltler und waren überhaupt auf allen Gebieten besser ausgestattet. Damit kam der Neid auf die Außerirdischen von ganz allein.

Aber jetzt war plötzlich alles anders geworden. Jetzt glaubte Bobby James Galaxy selbst an seine Worte. Es war unfaßbar, aber wahr. Auf der Versammlung gestern hatte er genau die richtigen

Knöpfe gedrückt und die richtigen Worte gefunden, um diesen Dorftrotteln das Geld aus der Tasche zu ziehen. Von nun an würde er voller echter Überzeugung zu ihnen sprechen. Diesmal hatte er wirklich Blut geleckt.

Wie stets bei seinen Auftritten streckte er eine Waffe in die Höhe. (Ein Überbleibsel aus seinen Tagen in der Schmuggelbranche.) Aber diesmal wollte er die Minbari und Centauri und Narn wirklich töten. Heuchelei war der erste Schritt auf dem Weg zur wahren Erleuchtung, nicht wahr? Und wenn der HERR Bobby James Galaxy auserwählt hatte, um jeden Außerirdischen in dieser verdorbenen Galaxie auszulöschen, dann mußte sich Bobby fügen.

In seinem Quartier kniete er, nur mit seiner Unterwäsche bekleidet, schweißgebadet auf dem Boden und betete – er betete, wie er nie zuvor gebetet hatte. Seine Hände hatte er so leidenschaftlich gefaltet, daß er dachte, sie wären zusammengewachsen.

»Oh, HERR«, betete er, »führe mich, weise mir den rechten Weg.«

Als er keine Antwort erhielt, griff er nach dem Ledergürtel, für den er kürzlich auf dem Schwarzmarkt einen Wucherpreis bezahlt hatte. (Die Drazi, selbst enorme Verkaufstalente, würden vielleicht als erste dran glauben müssen.) Er hob den Blick zum Himmel und bat den HERRN wieder darum, ihm den rechten Weg zu weisen. Dann schlug er sich mit seinem Gürtel auf den Rükken. Die Schnalle bohrte sich tief in sein Fleisch. Blut tropfte aus der Wunde, aber Bobby James Galaxy betete inbrünstig weiter.

»Oh, HERR, bitte sage mir, was ich tun soll.« Wieder schnalzte der Gürtel, wieder floß Blut. Zum erstenmal in seinem Leben vergoß Harold Schnickelheimer Tränen für die gesamte Menschheit, für alle seine Brüder und Schwestern, und nicht nur für sich selbst.

»HERR, gib mir ein Zeichen. Zeige mir, wie ich Dir mit meinem elenden Leib dienen kann.«

Schließlich offenbarte sich Bobby James Galaxy in seinem Schmerz das ersehnte Zeichen.

»Ja, HERR! Ja!«

Da ließ er den Gürtel auf den kalten Boden fallen. Bobby James Galaxy schloß die Augen und schlief ein. Und sein Traum, den ihm der HERR schickte, handelte nicht von Heuchelei, sondern vom wahren Glauben. Da waren Stangen, auf die Minbari-Köpfe aufgespießt waren. Die Eingeweide von Centauri bedeckten den Boden und unzählige Drazi-Leichen stapelten sich auf den Gängen der Station.

Babylon 5 wurde im heiligen Feuer der Rechtschaffenheit gereinigt.

32

Obwohl er die letzte seiner Schlaftabletten genommen hatte, träumte Dr. Stephen Franklin.

Es war der schlimmste Alptraum, den er je gehabt hatte. Während er einschlief, sinnierte er über die Frage, warum die Bilder auf einmal so lebendig schienen. Lag es daran, daß der Wurm so nahe war? Lag es daran, daß eine höhere Dosis der Pillen die erwünschte Wirkung umkehrte und damit die Träume noch intensivierte? Er würde sich damit auseinandersetzen, wenn er aufwachte ...

Nach vierzig Stunden Dienst ohne Pause, unterbrochen nur von einer chemisch erzwungenen Ruhephase, fiel er in einen traumreichen Schlaf.

Er war im Med-Lab, ausgestreckt auf einer Liege. Er war angeschnallt. Aber es war alles in Ordnung, das konnte er fühlen. Um ihn herum standen Außerirdische.

Plötzlich war seine Neugier verschwunden. Nur noch Furcht und Abscheu erfüllten ihn. Das war schlimm, hatte er doch so viele Jahre fast liebevoll mit dem Studium außerirdischer Anatomie und Medizin zugebracht. Und jetzt dieses Empfindungen.

Doch dafür gab es einen Grund. In dem dunklen Med-Lab hatten sich alle Außerirdischen versammelt, die er je behandelt hatte. Eine einzelne Lichtquelle blendete ihn, und in den Schatten sah er die Wesen herumgeistern, chirurgische Instrumente in ihren Händen und Klauen.

Dr. Stephen Franklin wußte, was nun folgen würde: Jetzt würden sie *ihn* studieren ...

Dr. Franklin erwachte schweißgebadet. Er hatte laut aufgeschrien, und nun erschien eine der Technikerinnen an der Tür, um nach ihm zu sehen.

»Doktor, sind Sie okay?«

Franklin richtete sich auf seiner Pritsche auf, atmete tief ein und antwortete: »Nein, bin ich nicht. Ich muß sofort mit Captain Sheridan sprechen.«

»Ich teile ihm mit, daß Sie unterwegs sind.«

»Danke. Wie viele Überlebende gab es bei der Kollision in Hangar acht?«

»Zwei. Beide vom Shuttle.«

»Keine Überlebenden auf der *Pegasus?*«

»Nein, Doktor.«

Franklin atmete tief ein. »Ich bin in einer Minute da.«

Die Frau nickte und verließ den Raum.

Franklin fühlte sich wackliger als vor seiner Ruhepause, verzichtete aber auf die Einnahme weiterer Mittel. Von den Stims war er runter, seit ihm im Med-Lab ein peinlicher Fehler unterlaufen war. Zitternd und immer noch in Schweiß gebadet stand er vorsichtig auf. Bevor er den Captain aufsuchte, mußte er noch etwas überprüfen.

»Ich untersage die Benutzung augenblicklich«, sagte Sheridan im Besprechungszimmer. *Der Captain sieht noch schlimmer aus als das letzte Mal,* dachte Franklin. Dunkle Ringe hatten sich um seine Augen gebildet, und eine verirrte Haarsträhne stand senkrecht nach oben. Dann fiel der Blick des Doktors auf einen Spiegel, und er mußte zugeben, daß er selbst auch nicht wie das blühende Leben aussah.

»Ich bin absolut dafür«, sagte Dr. Franklin. »Eigentlich hatte ich Rationen für die Sicherheitskräfte vorgesehen, aber nach meinem Erlebnis vorhin könnte das katastrophale Folgen haben. Ich habe einen kurzen Check durchgeführt: Die Visionen werden von den Pillen verstärkt; die Nähe des Wurms ist daran schuld.«

»Na wunderbar. Jetzt haben wir also unsere einzige Waffe gegen die Alpträume verloren. Können Sie irgend etwas anderes entwickeln?«

Franklin schüttelte den Kopf. »Ich habe es versucht, aber es wären höchstens Derivate der ursprünglichen Pillen.«

»Nun denn«, sagte der Captain. »Danke für Ihre Mühe. Ich weiß, die Frage klingt seltsam, aber wie stehen die Dinge im Med-Lab?«

»Alle Betten belegt. Ich habe zwei weitere Räume beschlagnahmt, außerdem den Besprechungsraum der Alpha-Staffel. Als nächstes müssen die Patienten in die Kleiderschränke.«

»Tut mir leid, daß ich nicht mehr für Sie tun kann, aber wir haben auch keine Kapazitäten mehr. Es kommen keine Schiffe mehr an. Das Hyperraumsprungtor wurde geschlossen, und die Earthforce hat sich geweigert, Truppen zu schicken. Man teilte mir mit, keine Einheiten in Reichweite zu haben. Ich glaube eher, sie wollen die Minbari nicht mit ihrer verstärkten militärischen Präsenz verschrecken.«

Sheridan starrte trübsinnig ins Leere.

»Captain«, fragte Dr. Franklin vorsichtig, »wie sieht es mit Ihren Träumen aus?«

»Daran mußte ich gerade denken, Doktor. Sie sind nicht gut. Und sie haben mit Botschafterin Delenn zu tun.«

»Haben Sie den Wunsch ... diese Vorstellungen auszuleben, mit anderen Worten, aus dem Traum Wirklichkeit werden zu lassen?«

Aus müden Augen sah Sheridan den Mediziner an. »Das will ich nicht hoffen«, erwiderte er.

»Ich ... ich möchte keinesfalls die Pferde scheu machen, aber es scheint, als wäre die Intensität der Träume nur ein Vorgeschmack dessen, was auf *B5* geschehen wird. Je näher der Wurm kommt, desto realer werden uns die Träume erscheinen. So real letztendlich, daß wir sie nicht mehr von der Realität unterscheiden können.«

»Und dann handeln wir wie in unseren Träumen?«

»Exakt.«

»Doktor«, sagte der Captain, »ich habe das ungute Gefühl, daß sich die Erdregierung genau deshalb von uns fernhält. Wenn die Station zum Teufel geht, wollen die möglichst weit weg sein.«

Franklin nickte.

»Das dürfen wir nicht zulassen, Doktor. Wir dürfen *Babylon 5* nicht der Zerstörung von innen überlassen. Ich weiß nicht, ob es etwas nützt, aber ich rufe den Notstand aus. Wir werden alles in unserer Macht Stehende tun, um diese Sache unter Kontrolle zu bringen.«

In diesem Moment wünschte sich Franklin, dem Captain mit einem Medikament den Ausdruck von Furcht und Verzweiflung nehmen zu können, der auf seinem Gesicht lag. *Babylon 5* war ein Traum – ein guter Traum. Es wäre eine schreckliche Ironie, wenn dieser Traum durch schlechte Träume – Alpträume – vernichtet würde.

»Dann müssen wir wohl selbst zusehen, daß alles im Lot bleibt, Captain.«

Sheridan nickte. »Ja, das müssen wir.«

33

Als Garibaldi die Kommandozentrale betrat, zierte etwas sein Gesicht, das man fast für ein Lächeln halten konnte.

»Nun, ich habe Londo immer noch nicht aufspüren können«, berichtete er Sheridan und Ivanova. »Aber dafür habe ich etwas anderes vorzuweisen.«

Er gab dem Sicherheitsoffizier an der Tür ein Zeichen, der kurz nach draußen verschwand, um anschließend mit einem gefesselten Dr. Creighton Laramie wieder hereinzukommen. Das Zähneknirschen des Doktors war in der ganzen Zentrale zu hören.

»Ich präsentiere«, verkündete Garibaldi triumphierend, »unseren Spion.«

»Ist das wahr, Doktor?« fragte Captain Sheridan.

Laramie knurrte widerspenstig.

Garibaldi sprang für ihn ein. »Und ob das wahr ist. Ich habe mal sein Unternehmen überprüft. Barker Industries hat mit Tarntechnologien zu tun, die unter den Begriff *Black box* fallen. Ich habe außerdem seinen Transmitter gefunden, unten im Sektor BRAUN. Er hatte ihn in einem Wandschrank versteckt.«

»Doktor, haben Sie irgend etwas dazu zu sagen?«

»Nur, daß Sie sich vor der Erdzentrale verantworten müssen. Meine Mission war legitimiert.«

»Und illegal«, sagte Captain Sheridan. »Sie haben unzulässige Übertragungen von meiner Station getätigt, und das wird *Sie* in ziemliche Schwierigkeiten bringen, für wen immer Sie arbeiten mögen.«

Laramie schaute nur finster drein.

»Sehen Sie nach, ob wir noch eine Zelle für ihn frei haben, Chief«, befahl der Captain.

»Klar, Sir. Mit Vergnügen, auch wenn unser Trakt schon ziemlich voll ist. Wäre Ihnen die Gesellschaft von Unterweltlern recht, Doktor? Da gibt es ein paar, die ziemlich lange nicht mehr gebadet haben ...«

Immer noch stolz auf seine Leistung, führte Garibaldi Laramie hinaus.

»Damit hätten wir ein Problem gelöst«, bemerkte der Captain.

»Eins von tausend«, warf Commander Ivanova ein. »Wir hatten einen weiteren Unfall, wenn auch in kleinerem Maßstab. Hangar sechs. Drei andere Docks sind völlig unkontrollierbar, weil bewaffnete Gauner dort patrouillieren. Wenigstens kennen die sich halbwegs mit den Landevorschriften aus; bisher ist niemand dabei draufgegangen.«

»Können wir dort wieder die Oberhand gewinnen?«

»Nicht ohne einen ausgewachsenen Kampf. Aber womit? Überall auf der Station gibt es Brandherde, und viele von Garibaldis Leuten haben seit Beginn der Krise nicht mehr geschlafen. Alle, die geschlafen haben, sind praktisch wertlos für uns. Fünf von ihnen mußten wir in Gewahrsam nehmen, weil sie nach dem Schlaf einen Centauri windelweich geprügelt haben.«

»Was wir brauchen, ist Hilfe von der Earthforce«, sagte Captain Sheridan.

»Und die werden wir nicht kriegen.«

Sheridan drehte sich zu den gewölbten Fenstern um, die jetzt völlig von dem Wurm ausgefüllt waren.

»Nicht mehr lange«, sagte er, »und wir werden wissen, was dieses Ding von uns will.«

Lennier erwachte. Wie lange hatte es gedauert? Er wußte es nicht. Tage? Stunden? Er stöhnte, als er seine Hand bewegte. Sie schmerzte. Er hob sie an und sah die Mullbinden, die an den Handgelenken sehr fest gewickelt waren.

Was war geschehen?

Er vermochte sich nicht zu erinnern. Er richtete sich auf und stellte fest, daß es in seinem Quartier ungewöhnlich dunkel war. Er schaltete das Licht an und starrte auf einen leeren Fleck an der Wand, wo eigentlich etwas hätte sein sollen ...

Ein Spiegel?

Ja, das war es.

Plötzlich erfüllte ihn Wut. Ja, er erinnerte sich jetzt: die Tätlichkeit einer Technikerin, die ihn angerempelt hatte, ohne sich zu entschuldigen.

So etwas konnte man nicht auf die leichte Schulter nehmen.

Lennier war dumm genug gewesen, seine Wut an dem Spiegel und nicht an der Frau auszulassen. Er erinnerte sich wieder seiner Träume. Sie erschienen ihm nicht mehr wie Alpträume. Sie erschienen ihm wie Prophezeiungen.

Lennier wußte, was er zu tun hatte.

Dreißig Minuten später schritt Lennier, gekleidet in ein einfaches Leinengewand, durch die Gänge der Station. In der Hand hielt er eine Eisenstange, an deren Spitze er eine Klinge angebracht hatte. Er suchte den Mann, der ihn angerempelt hatte. Wie hatte er ausgesehen? Unwichtig. Er war ein *Mensch* gewesen, und das reichte vollkommen. Jeder Mensch würde der Richtige sein.

Nach einer Biegung stand der Minbari plötzlich vor einer gehetzt dreinschauenden Technikerin, die ein Tablett voller elektronischer Bauteile trug.

Lennier duckte sich leicht und stieß die stumpfe Seite seines Speers gegen die Unterseite des Tabletts. Die Teile purzelten der überraschten Frau vor die Füße.

»Hey, was haben Sie ...«, fing sie an.

»Verteidige dich, Abschaum von der Erde!« kreischte Lennier und wirbelte den Speer so herum, daß die spitze Seite sichtbar wurde. Wie im Spiel stach er nach der Technikerin und trieb sie zurück.

»Sie sind verrückt!« schrie die Frau und rannte davon.

Lennier folgte ihr ein paar Schritte weit, dann blieb er stehen, um den Anblick zu genießen.

»Ha, ha!« rief er und schüttelte seine Waffe. »Niemand legt sich mit einem Minbari an, wenn er nicht bereit ist zu sterben.« Er raffte sein Gewand zusammen und machte sich selbstzufrieden auf die Suche nach weiteren Technikern, denen er es zeigen konnte.

34

»Captain, das sollten Sie sich ansehen.«

Im ersten Moment erkannte Sheridan Susan Ivanovas Stimme durch das Com-Link nicht; er bemerkte, daß er die ganze Zeit in die Luft gestarrt hatte, um nicht an seinem Schreibtisch einzuschlafen. Vermutlich hatte das Com-Link mehr als einmal gepiepst.

»Was gibt es, Commander?« sagte er und sammelte sich.

»Wir haben eine Staffel Kampfschiffe der Erdstreitkräfte auf dem Schirm, die durch das Sprungtor gekommen ist. Die Schiffe halten genau auf den Wurm zu.«

»Ich kann nicht glauben, was ich da höre«, entgegnete Sheridan.

»Glauben Sie es, Sir. Ich habe versucht, Kontakt aufzunehmen, aber keine Antwort erhalten.«

»Versuchen Sie es weiter. Ich bin in ein paar Minuten da. Vorher spreche ich allerdings noch mit der Erdzentrale.«

Sofort stand Sheridan auf und trat vor den Kommandoschirm. Er öffnete den Goldkanal.

Hilton Dowd, der unfreundliche Beamte aus Präsident Clarks Büro, schien den Anruf bereits erwartet zu haben.

»Was kann ich für Sie tun, Captain Sheridan?«

Seinen Zorn unterdrückend, antwortete Sheridan: »Ich will

wissen, warum eine Staffel der Earthforce auf dem Weg zu unserem Wurm ist.«

Die Lippen des Mannes kräuselten sich zu einem dünnen Lächeln. »Natürlich um einen Angriff zu fliegen.«

»Das ist doch Wahnsinn. Wir wissen doch überhaupt nicht, was geschieht, wenn wir uns dem Wurm gegenüber feindlich verhalten.«

»Beruhigen Sie sich, Captain Sheridan. Immerhin wollen wir *Babylon 5* beschützen ...«

»Haben Sie die Minbari von dieser Aktion in Kenntnis gesetzt? Und da wir gerade dabei sind: Was ist mit den übrigen Ratsmitgliedern?«

»Dafür ... war leider keine Zeit.«

»Wollen Sie einen Krieg vom Zaun brechen?«

Dowds Lächeln verflüchtigte sich. »Ganz im Gegenteil, Captain. Wir wollen einen Krieg verhindern. Wenn wir zeigen, daß wir uns von dem Wurm nicht einschüchtern lassen, dann wissen unsere ... Alliierten, daß wir auf alle Eventualitäten entsprechend reagieren.«

»Sie müssen das sofort abblasen.«

»Unmöglich, Captain.«

Sheridan wußte, daß Dowd jeden Moment die Verbindung unterbrechen würde; seine Geduld war erschöpft. Doch plötzlich sammelte er noch einmal seine Aufmerksamkeit.

»Ach ja, Captain Sheridan. Auf *Babylon 5* gibt es einen Mann namens Creighton Laramie. Er sollte mit dem größten Respekt behandelt werden. Lassen Sie ihm jede Hilfe und jede Ausrüstung zukommen, die er wünscht.«

»Ich weiß über Creighton Laramie Bescheid. Er befindet sich gegenwärtig in unserem Gefängnistrakt.«

»Was?«

»Er ist ein Spion. Wir haben ihn bei illegalen Übertragungen von der Station ertappt.«

Sheridan konnte sehen, wie es hinter Dowds Stirn arbeitete; der Mann versuchte, die Möglichkeiten abzuwägen, ohne in Wut zu geraten.

»Sie sind hiermit angewiesen, ihn sofort gehen zu lassen.«

»Sobald wir die Untersuchung seiner Aktivitäten abgeschlossen haben.«

»Er muß ...«

Sheridan kappte die Verbindung.

»Hoppla«, sagte er. Soweit es Laramie betraf, hatte er ein wenig Zeit gewonnen.

Die Aussichtskuppel bot ein Bild hektischer Betriebsamkeit.

»Bericht!« sagte Sheridan bei seiner Ankunft und übernahm die Kommandokonsole.

»Eine Schwadron Starfurys bewegt sich mit Höchstgeschwindigkeit auf den Wurm zu«, meldete Ivanova. »Die Scanner zeigen an, daß sie ihre Waffensysteme hochgefahren haben.«

Sheridan runzelte die Stirn. »Haben Sie Kontakt aufnehmen können?«

»Sie hören nicht hin. Zumindest antworten sie nicht.«

»Nun denn, Commander«, sagte Sheridan. »Sie übernehmen hier. Vielleicht reden die Starfury-Piloten mit uns, wenn wir ihnen direkt gegenübertreten.«

»Sir ...«, setzte Ivanova an, als ihr klar wurde, was Sheridan vorhatte.

Der Captain unterbrach sie mit einer Geste. »Weitermachen!« sagte er und verließ die Kuppel.

Im Bereitschaftsraum der Alpha-Staffel machte sich ein beinahe aufgekratzt wirkender Captain Luft: »Der Flug in einer Starfury dürfte mich wach halten.«

Die Pilotin Lauren Simmons nickte: »Es ist vielleicht gar nicht so übel, für eine Weile aus diesem Irrenhaus rauszukommen.«

Der Bereitschaftsraum war in eine überfüllte Krankenstation

verwandelt worden. Überall standen Klappbetten herum, auf denen verletzte Patienten stöhnten. Erschöpfte Mediziner huschten durch das Gewirr von Ausrüstung und Pritschen.

Nach ein paar Minuten hatten sie sich einen Weg durch das Gewimmel zu den Cobra-Buchten gebahnt. Sie setzten die Helme auf, zogen die Raumanzüge an und bestiegen ihre F23-Starfurys.

Sheridan hörte über seinen Helmsender, wie Ivanova die Checkliste für den Abwurf durchging; nach dem letzten Punkt meldete sie sich wieder: »Alles bereit, Captain?«

Sheridan sah zu Simmons, die ihren Daumen hochhielt.

»Bereit«, bestätigte der Captain.

»Fertig zum Start«, sagte Ivanova. »Auf mein Zeichen.«

Nach ein paar Sekunden kam der Befehl: »Abwurf!«

Die zwei Starfurys stürzten aus den Haltezangen der Cobra-Buchten in den Weltraum, wo sie durch die Rotation von *Babylon 5* sofort von der Station wegdrifteten. Sheridan und Simmons zündeten die Triebwerke.

»Viel Glück, Captain«, sagte Ivanova.

Die Starfurys nahmen Kurs auf den Wurm.

»Errechnen Sie unsere Ankunftszeit bei dem Wurm in Relation zu den Schiffen der Erdstreitkräfte«, befahl Sheridan.

»Eine Sekunde, Sir«, kam die Antwort. Kurz darauf war Ivanova wieder in der Leitung. »Sie werden fünf Minuten vor denen ankommen.«

»Sehr gut. Wir kehren so bald wie möglich zurück.«

»Ja, Sir.«

Für einige Sekunden herrschte Stille in Sheridans Cockpit, dann meldete sich Simmons: »Captain?«

»Ja, Simmons?«

»Ähem . . . was machen wir hier draußen eigentlich?«

»Das werden Sie schon sehen. Halten Sie sich einfach an mich.«

»Ich hasse es, wenn man mir so etwas sagt«, murmelte die Pilotin.

Wie Ivanova vorausgesagt hatte, erreichten Sheridan und Simmons den Wurm noch vor den Schiffen der Earthforce. Weit entfernt von der gigantischen grünen Erscheinung konnten sie die anderen Starfurys in perfekter Formation anfliegen sehen.

»Denken Sie daran«, sagte Sheridan über das Funksystem seines Schiffes, »halten Sie sich an das, was ich tue.«

»Ja, Sir.«

»Gut. Ich bringe jetzt alle Waffensysteme in Bereitschaft.«

Simmons schluckte. »Ja, Sir.«

»Nun wende ich mein Schiff, um das Leitschiff der Erdstreitkräfte genau in meine Schußlinie zu bekommen.«

Simmons schwieg.

»Machen Sie noch, was ich sage, Simmons?« fragte Sheridan.

»Erledigt, Sir.«

»Haben Sie ihn im Visier?«

»Und ob.«

»Gut. Nun warten Sie ab, und überlassen Sie mir die Verhandlungen.«

»Ist mir ein Vergnügen, Sir.«

Sheridan öffnete einen Außenkanal zur Staffel der Erdstreitkräfte.

»Achtung, anfliegende Starfurys. Hier spricht Captain John Sheridan, der Commander von *Babylon 5*. Ich habe Ihr Leitschiff im Visier und werde ohne zu zögern feuern. Das gleiche gilt für Lauren Simmons von unserer Alpha-Staffel. Wenn Sie Widerstand leisten, sollten Sie dabei zwei Dinge beachten: Ihr Leitschiff wird samt seinem Piloten vernichtet. Und der Angriff auf einen Offizier der Erdstreitkräfte plus der Angriff auf den Commander der letzten *Babylon*-Station wird weitreichende Konsequenzen haben. Ich interessiere mich nicht für die Befehle, die Sie von der

Erdzentrale erhalten haben. Als kommandierender Offizier geben *ich* hier draußen die Befehle. Sie werden den Angriff auf den Wurm sofort abbrechen. Ihre Antwort?«

Es herrschte eisiges Schweigen, während die Starfurys der Erdstreitkräfte immer näher kamen.

Sheridan wandte sich erneut an Simmons: »Sind Ihre Waffen voll einsatzbereit?«

»Ja, Sir.«

»Feuern Sie auf mein Kommando.«

Die Schiffe von der Erde schossen immer noch mit voller Geschwindigkeit auf sie zu, und der Captain trug dafür Sorge, das Leitschiff nicht aus dem Fadenkreuz zu verlieren.

Sheridan meldete sich wieder bei Simmons, dabei ließ er den Kanal auch für die anderen Schiffe offen. »Fertig, Simmons?«

»Fertig.«

»Zielen.«

»Hab' ihn.«

»Feu ...«

»Warten Sie, Captain Sheridan!« ließ sich ein hektischer Ruf von der Staffel der Erdstreitkräfte vernehmen. Das Leitschiff drehte ab, die anderen folgten ihm.

»Ich höre«, erwiderte Sheridan ruhig.

»Erbitte Erlaubnis, die augenblickliche Mission abzubrechen, Sir.«

»Erlaubnis erteilt. Sie haben mein Wort, daß ich die volle Verantwortung übernehme.«

»Ja, Sir.«

»Gruppieren Sie sich hinter uns«, sagte Sheridan, fuhr die Waffensysteme herunter und drehte das Schiff wieder in Richtung *Babylon 5*. »Folgen Sie uns.«

»Ja, Sir.«

Bevor Sheridan seine Kurskorrektur ausgeführt hatte, kam es in der Nähe des Wurms plötzlich zu einem grellen Lichtblitz.

»Das glaub' ich einfach nicht!« rief Simmons aus.

Der Captain blickte zurück und sah ein großes Schlachtschiff der Centauri, das bei dem Wurm aus dem Hyperraum trat. Es folgte ein zweiter Blitz, als das selbstgenerierte Sprungtor in sich zusammenfiel.

Das Schiff eröffnete auf der Stelle das Feuer auf den Wurm. Die Strahlen durchbohrten die Erscheinung an zahlreichen Stellen.

Als hätte es Blut geleckt, bewegte sich das Centauri-Schiff weiter auf den Wurm zu und feuerte Salve auf Salve.

»Commander Ivanova!« schrie Sheridan in sein Helmmikrophon.

»Ja, Captain. Ich sehe es.«

»Kontaktieren Sie sofort die Regierung der Centauri!«

»Habe ich schon versucht.«

»Was ist mit diesem Schlachtschiff?«

»Die antworten auch nicht, Sir.«

Sheridan wechselte die Frequenz und versuchte es selbst: »Centauri-Schlachtschiff! Hier spricht Captain John Sheridan, der Commander von *Babylon 5*!«

Da kamen Feuerstöße aus der entgegengesetzten Richtung, und mit einem Mal befanden sich die Starfurys mitten in einem Feuergefecht zwischen dem Centauri-Schiff und einer Gruppe abtrünniger Narn-Fighter.

35

Es waren drei von schweren Kämpfen gezeichnete Narn-Kampfschiffe, und trotz des Irrsinns der Situation war Sheridan fast erleichtert, G'Kars Stimme in seinem Helm zu hören.

»Captain, entschuldigen Sie unsere Einmischung an dieser Stelle.«

»G'Kar, wo haben Sie diese Schiffe her?« fragte Sheridan.

»Es sind Schiffe des Narn-Untergrunds, die wir für einen solchen Akt der Aggression in Reserve gehalten haben. Wir hatten sie auf der Nachtseite des Planeten versteckt. Wenn Sie nun den Weg frei machen würden, werden wir diesen Centauri-Kreuzer aus dem Weg räumen.« Ungeachtet der Höflichkeit konnte Sheridan den blanken Haß aus G'Kars Worten heraushören.

Sheridan riß sich zusammen. »Es wäre besser für alle Beteiligten, wenn Sie nach *Babylon 5* zurückkehren würden.«

»Das ist leider ausgeschlossen, Captain. Es geht um unsere Ehre. Die bloße Anwesenheit der Centauri an diesem Ort ist ein Affront gegen G'Quan. Sie müssen beseitigt werden. Bitte, verstehen Sie. Ich würde es sehr bedauern, wenn Sie zu Schaden kämen.«

»Das wird sich kaum verhindern lassen.«

Plötzlich schaltete sich auch das Centauri-Schiff zu. »Wenn Sie wirklich Captain Sheridan sind«, meldete sich eine höhnische Stimme, »dann würde ich es begrüßen, wenn Sie den Weg frei machen, damit wir diese Narn-Hunde aus dem All fegen können, die sich unter Ihrer Schürze verstecken.«

»Wiedersehen, Captain« sagte G'Kar.

Blitzschnell fuhren die Narn ihre Triebwerke hoch, umrundeten Sheridans Schiff und hielten auf die Centauri zu.

Der Weltraum war mit einem Mal angefüllt von Strahlen und Detonationen, und Sheridan konnte nur hilflos dem Funkverkehr zuhören.

»Ich glaube, ich habe den Sprungtorgenerator getroffen«, drang eine aufgeregte Narn-Stimme aus dem Lautsprecher.

»Bereite dich auf deinen Tod vor, Narn-Hund!« spuckte eine Centauri-Stimme ins Mikrophon.

Ein Feuerstoß der Centauri traf eines der Schiffe in der Nähe von G'Kar und sprengte es in tausend Stücke. Zur gleichen Zeit machten sich die beiden übrigen Narn-Schiffe daran, gegen den Befehl des Captains den Kreuzer zu attackieren.

Die Stimme des Geschwaderführers der Erdstreitkräfte erklang: »Sollen wir uns einmischen, Sir?«

»Nein«, befahl Sheridan, »halten Sie sich da raus.«

Während sie tatenlos zuschauten, rammte eines der Narn-Schiffe den Kreuzer der Centauri, das andere Schiff wurde anscheinend davon angezogen.

»Cap –« kam G'Kars Stimme, ehe sie abbrach.

»Oh, mein Gott, glauben Sie ...?« fragte Simmons.

»Ich weiß nicht, was mit ihm passiert ist. Aber ich denke, wir sollten nach *Babylon 5* zurückkehren, bevor es noch schlimmer wird.«

Sheridan führte die Starfurys zurück zur Station, fort von dem nunmehr beendeten Kampf, fort von dem beschädigten Centauri-Kreuzer, fort von dem Wurm, der weiter unter Beschuß genommen wurde.

36

Nachdem die Starfurys wieder in den Cobra-Buchten verankert waren, begab sich Sheridan zurück in die Aussichtskuppel.

»Ich wünsche eine formelle Beschwerde an die Centauri-Regierung«, sagte er zu Ivanova.

»Schon geschehen«, entgegnete die Russin.

Der Captain schaute auf die Kommandokonsole. »Welche Wirkung haben die Schüsse der Centauri auf den Wurm?«

»Unsere Scanner zeigen an, daß sie gar keine Wirkung haben.«

»Keine Wirkung?«

»Kein einziges Teilchen hat auch nur seine subatomare Schwingungsfrequenz geändert.«

»Mit anderen Worten«, sagte Sheridan trocken, »es existiert immer noch nicht.«

»So in etwa«, gab Ivanova zurück. Irgend etwas schien sie zu verwirren.

»Was ist los?« fragte der Captain. »Drazi an den Kronleuchtern? Massenübertritte zu den Spinnern von LEBEN IM WANDEL?«

Commander Ivanova zuckte zusammen.

»Ich warte auf Ihre schlechten Nachrichten, Commander.«

Ivanova wandte sich ihm zu. »Während Sie da draußen waren . . . mußten wir Creighton Laramie gehen lassen.«

»Sie haben ihn gehen lassen? Auf wessen Anweisung?«

»Präsident Clarks. Er hätte Sie zu Kleinholz verarbeitet, wenn Sie hier gewesen wären. Also hat er *mich* zu Kleinholz verarbeitet. Und dann hat er Laramie eine Generalamnestie für alle Vergehen gewährt – inklusive spucken in der Öffentlichkeit.«

Die Wut des Captains flaute ein wenig ab.

»Tut mir leid, daß Sie das abgekriegt haben, Commander. Hat Clark wenigstens einen Grund angegeben?«

»Nein. Aber ich habe das Gefühl . . .«

»Ja, Commander?«

»Ich denke, man will seine Forschungen über dieses Ding da draußen nicht verlieren. Er hat sich in seinem Labor verkrochen und studiert den Effekt des Centauri-Angriffs.«

»Er kam also nicht nur als Spion her, sondern auch als Wissenschaftler. Was auch immer diese Sache zum Thema *Black box* hergibt, sie wollen es haben, bevor jemand anderer zugreift.«

Ivanova nickte.

Sheridan fuhr fort: »Und wieder mal sieht es so aus, als wollte man den Wurm nur untersuchen, um seine Verwendbarkeit als Waffe zu testen.«

»Scheint so«, bestätigte Susan Ivanova.

»Nun denn«, gab Captain Sheridan zurück, »lassen wir ihn seine Arbeit machen. Aber wir sollten ihn im Auge behalten.«

»Sie meinen ...«

Sheridan nickte. »Holen Sie mir Garibaldi her.«

Der Sicherheitschef war eingenickt und eben dabei, wieder in dem widerwärtigen Alptraum von der Bruchlandung auf dem Alien-Planeten zu versinken, als sich sein Com-Link meldete.

Er lauschte eine Weile schweigend, dann antwortete er: »Schon dabei.«

Zwanzig Minuten später wurde Dr. Creighton Laramie wegen einer »wichtigen« Nachricht von Susan Ivanova aus dem Labor gelockt. Garibaldi machte sich sofort daran, den Raum gründlich mit Abhörgeräten auszustatten. Nach nur zehn Minuten war er fertig und hatte seine Ausrüstung wieder eingepackt. Auf dem Weg nach draußen stieß er mit Laramie zusammen.

»Kann ich Ihnen helfen?« fragte der Doktor mißtrauisch.

»Ja, das können Sie«, erwiderte Garibaldi. Er öffnete seine Ausrüstungstasche und zog einen Schraubenzieher heraus. »Können Sie den gebrauchen? Ich hab' einen zuviel und dachte, Sie hätten Verwendung dafür.«

Mit einem Grunzen drängte sich Laramie an Garibaldi vorbei und in sein Labor hinein. Zischend schloß sich die Tür.

Garibaldi kehrte in die Kommandozentrale zurück und übergab Sheridan den Datenkristall. »Hier ist alles drauf, was Laramie bisher rausgefunden hat. Ist aber nicht viel. Er hat ein paar Scanner im Labor, wie ich sie noch nie gesehen habe, aber die haben auch nichts ausgespuckt. Eine Sache war allerdings komisch.«

»Und das wäre?« fragte Sheridan.

»Anscheinend hat Laramie während des Angriffs der Centauri

den Wurm sehr sorgfältig gescannt. Neben den Aufzeichnungen stand der Vermerk ›Fast ausreichend!‹.«

»Fast ausreichend! ... Was mag das bedeuten?«

»Es könnte bedeuten, daß er nah daran war, etwas zu finden.«

Sheridan nickte. »Oder daß fast etwas passiert wäre.«

Nun nickte der Chief. »Erinnern Sie sich an Laramies Worte, als der Wurm vom Shuttle aus gescannt wurde? Daß er vielleicht jemandes Geist ist?«

»Und wenn ich mich recht erinnere, sprach auch Martina Coles von einem Geist«, nahm Sheridan den Faden auf.

Garibaldi setzte noch eins drauf: »Sie hat sogar behauptet, daß Kosh das fühlen könnte.«

»Wissen Sie, Chief, langsam glaube ich, daß wir nur eine vage Vorstellung davon haben, was das da draußen wirklich ist. Und vielleicht war es das, was Laramie sagen wollte.«

»Klar«, sagte Garibaldi, »aber was hat er damit gemeint?«

37

Der Captain des Centauri-Kreuzers auf Sheridans Bildschirm sprach mit unüberhörbarer Verachtung. »Sie sind Captain Sheridan, richtig?«

»Richtig«, antwortete Sheridan.

»Sie werden sich meine Forderungen anhören ...«

Sheridan hob die Hand. »Einspruch. Sie haben keine Forderungen zu stellen.«

Der Centauri lief vor Wut rot an, besann sich dann aber eines Besseren. »Nun gut. Wenn Sie mir also zuhören möchten, werden Sie vielleicht das Gewicht meiner Worte verstehen.«

Sheridan ließ sich nicht provozieren. »Was wollen Sie?«

»Wir müssen ... gewisse Reparaturen vornehmen. Ich würde es begrüßen, wenn Sie uns den Anflug in die Nähe der Station gestatten würden, um unsere Reparaturen zu verrichten, was etwa zehn Stunden in Anspruch nehmen dürfte.«

Natürlich wollten sie in die Nähe der Station, denn ihr Sprungtorgenerator würde nicht wieder einsatzbereit sein, ehe der Wurm sie erreicht hatte.

»Ich kann Ihnen sogar noch mehr anbieten. Sie erhalten volle Andockgenehmigung plus unsere Hilfe bei den Reparaturen, wenn Sie uns bei einem kleinen diplomatischen Problem helfen.«

»Sie sprechen natürlich von dem Narn G'Kar?«

»Ja«, sagte Sheridan, und in ihm flammte die Hoffnung auf, daß G'Kar noch am Leben war.

Der Centauri lächelte zynisch. »Über G'Kar werden wir gleich reden. Danke, aber wir lehnen Ihr Angebot direkter Hilfe ab. Einerseits haben wir von den ... chaotischen Zuständen auf *Babylon 5* gehört, und möchten diese unserer Mannschaft ersparen. Zum anderen wäre es wohl aus militärischen Gründen klüger, nicht anzudocken.«

»Das verstehe ich nicht«, sagte Sheridan.

»Eine Position in der Nähe ist völlig ausreichend, Captain Sheridan. Und nun zu einem dringlicheren Problem: Wie ich hörte, wird unser Botschafter Londo Mollari widerrechtlich festgehalten.«

»Er wurde entführt, das stimmt. Wir tun alles, um ihn zu finden.«

»Anscheinend nicht genug. Aber ich habe eine Lösung für dieses rechtliche Problem.«

Der Centauri machte eine knappe Handbewegung, und jemand wurde in das Blickfeld geschoben. Es war G'Kar. Verwundet, aber erhobenen Hauptes.

»Captain«, begrüßte er Sheridan schlicht.

Der Narn wurde weggeschleift, und der Commander des Centauri-Schiffes füllte wieder den Bildschirm aus.

»Unsere Botschaft ist leicht zu verstehen. Sie können sie gerne auf ganz *Babylon 5* verbreiten. Sicher wird sie den gewünschten Effekt haben. Kurz gesagt, wir werden, falls Botschafter Mollari von seinen Narn-Kidnappern nicht unverzüglich freigelassen wird, unseren Gefangenen hinrichten.«

»Das können Sie nicht tun!« protestierte Sheridan.

»Glauben Sie mir, Captain, ich kann.«

»Wenn Sie ihn töten, wird auch Botschafter Mollari sein Leben lassen.«

»G'Kar ist ein Verbrecher und ein Hund. Seine Spießgesellen können sich die Exekution in exakt sechs Stunden auf ihren Monitoren ansehen. Eine schöne runde Zahl – genau der Zeitpunkt, an dem der Wurm die Station erreicht. Und bitte, Captain, versuchen Sie es nicht mit militärischer Gewalt, denn wir werden uns mit allen Mitteln widersetzen, die uns zur Verfügung stehen.«

Der Bildschirm wurde schwarz, blitzte aber sofort noch einmal auf und zeigte erneut das Gesicht des Centauri. »Und danke für die Erlaubnis, uns in der Nähe der Station aufhalten zu dürfen, Captain.«

Diesmal wurde der Schirm endgültig dunkel. Captain Sheridan besprach sich mit Ivanova und Garibaldi.

»Die werden ihn eiskalt umlegen«, warf Garibaldi ein.

»Der einzige Grund, warum sie ihn nicht mitgenommen haben, ist die Zerstörung ihres Vortex-Generators«, bemerkte Ivanova.

»Und das Epsilon-Sprungtor wurde abgeschaltet, nachdem die Starfury-Schwadron der Earthforce es passiert hatte. Auf die Art kommen sie also auch nicht weg.«

»Okay«, meldete sich Garibaldi wieder zu Wort, »was unternehmen wir wegen G'Kar?«

Sheridan dachte einen Augenblick nach. »Würde es etwas bringen, wenn wir die Centauri-Drohung tatsächlich auf der ganzen Station verbreiten? Würden die Narn Londo dann freilassen?«

Garibaldi runzelte die Stirn. »Könnte schiefgehen. Alles ist möglich. Andererseits ist alles Mögliche schon passiert, also ... warum nicht?«

»Versuchen wir's«, sagte Sheridan. »Ich werde noch eine eigene Botschaft dranhängen. Vielleicht erreichen wir damit Verhandlungen.«

Zwanzig Minuten später erschien Sheridans Gesicht auf jedem noch funktionierenden Kommunikationsschirm von *Babylon 5*. Der Captain erläuterte die Situation; er versprach, bei Verhandlungen als Vermittler aufzutreten.

»Dies sind schwere Zeiten für *Babylon 5*, doch ich hoffe, sie sind die Chance auf den Beginn einer neuen Ära, einer Ära, in der wir unsere Differenzen beilegen und kooperieren werden. Der Wurm betrifft uns alle. Wie es scheint, nähern wir uns dem Schicksal jener sagenhaften Stadt, die dieser Station ihren Namen gab – Babylon. Ich will nicht glauben, daß wir nicht mehr in der Lage sind, die Sprache von Verständnis und Rücksicht zu sprechen.«

Weitere zwanzig Minuten später erhielt Sheridan seine Antwort: Die Narn gaben bekannt, daß Botschafter Londo Mollari exakt zu dem Zeitpunkt der Ankunft des Wurms exekutiert würde.

38

Der Wurm kam näher. Unerbittlich, unaufhaltsam, unergründlich – ein grünes Band, das existierte und doch nicht existierte, und seinen Weg nach *Babylon 5* fortsetzte. Er war jetzt nur noch fünf Stunden entfernt.

Und die Alpträume wurden Wirklichkeit.

Martina Coles lag wie ein Fötus zusammengerollt in ihrem Quartier. Sie schluchzte und versuchte, die Geräusche in ihrem Kopf und die Erinnerungen in ihrem Geist zu ignorieren.

Der Minbari Lennier lachte, als er sich mit Material aus einem aufgebrochenen Abstellraum immer mehr Waffen schmiedete. Zu seinen Füßen lag bereits eine beträchtliche Anzahl Speere, einer spitzer und tödlicher als der andere.

Die Minbari-Botschafterin Delenn gab sich, nachdem sie so lange wie möglich ohne Ruhe ausgekommen war, dem Schlaf hin, in dessen Alpträumen sie wieder und wieder von Captain Sheridan getötet wurde.

Captain Sheridan nickte an seinem Schreibtisch ein und fand sich einmal mehr in der grauenhaften Situation, sein Gesicht in das eines Minbari verwandelt zu sehen.

Michael Garibaldi versuchte zwischen den aufgeregten Anrufen der Sicherheitszentrale die Teile des Puzzles zusammenzusetzen. Was war der Wurm, und warum hatte er diese Wirkung? Und was konnte man dagegen tun?

Auf jedem Deck und in jedem Winkel von *Babylon 5* brachen ständig neue Kämpfe aus. Drei Viertel der Frachtbereiche unterlagen nicht mehr der Kontrolle der Sicherheitskräfte. In Hangar vier hatte sich ein Sicherheitsteam zu einem der Frachter durchgekämpft und den Piloten mit vorgehaltener PPG gezwungen, sie von der Station zu bringen.

Centauri und Narn bekämpften einander, wo immer sie aufeinandertrafen. Selbst die Angehörigen desselben Volkes attackierten und verletzten sich bei geringsten Differenzen.

Im Med-Lab war Dr. Stephen Franklin von der Situation endgültig überfordert. Patienten lagen auf den Fluren, die medizinischen Vorräte gingen zur Neige.

Und auf dem kalten Boden seines Raumes hatte Reverend Bobby James Galaxy eine Vision, die für ihn kein Alptraum, sondern eine Offenbarung war. Er wußte nun, was GOTT wollte. Er wußte auch, wie GOTTES Wille zu verwirklichen war – und wie die Station *Babylon 5* zerstört werden konnte.

39

»Ich habe wirklich geglaubt, es könnte nicht noch schlimmer kommen.« Commander Ivanova sah gehetzt aus. Die Ringe unter ihren Augen und ihre zitternden Hände zeugten von akutem Schlafmangel. Außerhalb der Beobachtungskuppel dräute der Wurm wie eine Gewitterwolke, nur mehr eine Stunde entfernt.

Und nun war der denkbar schlimmste Fall eingetreten.

»Kann er das wirklich tun? Kann er *Babylon 5* vernichten?« fragte Captain Sheridan ungläubig. Aus seinem kurzen Alptraum gerissen, hatte er sich erschöpft auf den Weg in die Kommandozentrale gemacht, als die Nachricht von einem Verrückten eingegangen war, der die Station sprengen wollte.

»Er kann, wenn er getan hat, was er behauptet« antwortete Ivanova.

Auf dem Kommunikationsschirm sah man das Gesicht von Bobby James Galaxy. »Habe ich das Vergnügen mit Captain Sheridan?«

»Ja«, nickte Sheridan düster. »Und ich weiß, wer *Sie* sind. Ich weiß allerdings nicht, warum Sie meine Station bedrohen.«

Bobby James Galaxy strahlte. »Aber Captain. Ich bedrohe nichts und niemanden. Ich spreche von Erlösung.«

»Und Sie sind sicher, daß es Ihnen obliegt, eine viertel Million Wesen zu töten, um sie zu retten?«

»Aber ja! Der HERR wartet. Die Erlösung wartet. Heute ist der Tag der Abrechnung, Captain.«

»Und wenn ich Ihnen da nicht zustimme?«

»Aber Sie müssen. Das ist es, was uns die Erscheinung, die sie den Wurm nennen, sagen will. Der Wurm ist GOTT, und wenn er uns erreicht, müssen wir uns ihm anvertrauen.«

»Und darum haben Sie die Energieversorgung des Sektors BRAUN so manipuliert, daß dieser Teil sich gegen die Rotation der Station wendet und sie in Stücke reißt, sobald der Wurm in ihre Nähe kommt?«

»Ja. Er wird uns alle in seine Arme schließen.«

»Und wenn dieser Wurm nicht Gott ist?«

»Captain, zweifeln Sie nicht an meiner Botschaft, sprechen Sie ein Dankgebet mit mir.«

Reverend Bobby James Galaxy fiel auf die Knie und betete, und außerhalb der Kameralinse waren Hunderte von Stimmen zu hören, die das Lob des HERRN sangen.

Bobby James rief aus: »Denn der HERR ist gut.«

»Amen«, antwortete der Chor.

»Und der HERR ist gerecht.«

»Amen. Amen.«

»Und noch in dieser Stunde werden wir bei ihm sein.«

»AMEN!«

»Schirm aus«, befahl Sheridan angewidert.

Garibaldi betrat den Raum, übermüdet und ausgelaugt.

»Glück gehabt, Garibaldi?« fragte Sheridan, obwohl der Gesichtsausdruck des Chiefs ihm Antwort genug war.

»Nichts. Ich bin nicht mal in seine Nähe gekommen. Dieser Galaxy-Spinner muß mehr als eine Hundertschaft Unterweltler auf seine Seite gebracht haben, bevor ihm diese Idee gekommen ist – und dann hat er noch die FERMIS ANGELS überzeugt.«

»Haben Sie mit den ANGELS gesprochen? Ich dachte, Sie hätten einen Draht zu denen.«

»Ich habe mit ihnen gesprochen, aber die haben mich bloß zwischen zwei Gebeten aufgefordert, mich ihnen anzuschließen. Diese Sache paßt exakt in ihr Glaubenssystem. Damit beweisen sie, daß sie recht haben, und daß die Typen von LEBEN IM WANDEL sich irren.«

»Wie wir alle.«

Garibaldi nickte. »Und glauben Sie mir, die wußten genau, was sie taten, als sie das Energiesystem in Sektor Braun manipulierten. Diese Jungs sind noch bessere Physiker als Motorradmechaniker.«

»Haben Sie ihnen gedroht?«

Garibaldi lachte humorlos. »Womit denn? Die haben schon dreißig meiner Leute auf ihrer Seite. Meine einzige Drohung war, ihnen das Bild von der Ninja ZX-11 nicht zu zeigen, die ich mit Lennier gebaut habe.«

Kläglich versuchte Ivanova, die Situation zu entspannen: »Und? Hat es funktioniert?«

»Halb. Sie wollen das Motorrad unbedingt sehen – und *dann* die Station zerstören.«

Captain Sheridan klang niedergeschlagen. »Was können wir tun, um sie aufzuhalten?«

»Nicht viel, zumindest nicht im Augenblick. Sie sind schwer bewaffnet und haben den Sektor BRAUN abgeriegelt. Die einzige Möglichkeit wäre, den Energiestoß, den sie zur Schubumkehr brauchen, zu verhindern.«

»Und wie soll das vonstatten gehen?«

Einen Moment herrschte Stille, dann sah Garibaldi Sheridan und Ivanova an. »Dr. Creighton Laramie?«

Laramie weigerte sich, die Tür zu seinem Labor zu öffnen.

»Notfallüberbrückung«, sagte Garibaldi. »Tür öffnen.« Doch die Tür beugte sich seinem Willen immer noch nicht.

»Verdammt«, knurrte der Sicherheitschef. Dann brüllte er los: »Laramie? Ich sprenge ein Loch in die Tür, wenn Sie nicht aufmachen!«

Von der anderen Seite ertönte Laramies unglückliche Stimme: »Warum sollte ich Sie reinlassen? Sie haben meinen Raum doch schon ausgiebig verwanzt, reicht das nicht?«

»Ganz und gar nicht. Ohne Ihre Hilfe wird die Station *Babylon 5* in weniger als einer Stunde aufhören zu existieren.«

Nach einem weiteren kurzen Moment öffnete sich endlich die Tür, und Laramie stand mit einer kleinen PPG vor Garibaldi.

»Ich habe keinen Grund, Ihnen zu vertrauen«, sagte Laramie. Schlafmangel und üble Alpträume waren ihm anzusehen.

»Und ich habe keinen Grund, *Ihnen* zu trauen«, entgegnete Garibaldi. »Aber haben wir eine Wahl?«

Nach einer Pause schob Laramie die PPG in seinen Gürtel und sagte: »Kommen Sie rein.«

Nachdem Garibaldi Laramie detailliert erklärt hatte, was die FERMIS ANGELS angerichtet hatten, sagte der Doktor: »Es gibt eine Möglichkeit, sie aufzuhalten. Ich muß an die Hauptenergieversorgung ran. Wenn ich einen Energiestoß sende, der im Netz mit ihrem kollidiert, werden sich die beiden neutralisieren.«

»Welchen Effekt hätte das auf *B5*?«

»Einen Energieverlust. Einen Blackout.«

»Können Sie das arrangieren?«

»Ja. Aber ich brauche dreißig Minuten, um meine Ausrüstung zu installieren. Außerdem will ich, daß meine Geräte hier weiterlaufen, und Sie entfernen Ihre Wanzen.«

»Kein Problem«, versicherte Garibaldi und setzte sich dann per Com-Link mit Susan Ivanova in Verbindung.

»Commander, wie lange dauert es noch, bis der Wurm uns erreicht hat?«

»Fünfunddreißig Minuten«, vernahm er ihre gestreßte Stimme.

Garibaldi sah Dr. Laramie fest in die Augen. »Ich bringe Sie besser dorthin, wo Sie jetzt sein sollten.«

40

Nachdem er Creighton Laramie geholfen hatte und der Wurm sich nur noch zwanzig Minuten vor der Station befand, traf Garibaldi in einem der Gänge auf einen sich äußerst uncharakteristisch benehmenden Lennier.

Der Minbari in der Leinenrobe stand vorgebeugt und hielt einen ziemlich beeindruckenden Speer in der Hand.

»Lennier? Sind Sie das?« staunte Garibaldi.

»Natürlich bin ich es!« lachte Lennier.

Die folgenden Worte des Chief waren mehr für ihn selbst als für den Minbari bestimmt: »Ich habe keine Zeit für so etwas . . .«

»Für was?« rief Lennier. »Für den Tod?«

Der Minbari sprang vor und stieß den Speer nach Garibaldi.

»Hey! Passen Sie auf!« rief der und sprang zur Seite, um dem Stoß auszuweichen. Jetzt war Schluß mit der Höflichkeit. »Was ist denn in Sie gefahren?«

»Nichts!« verkündete Lennier. »Etwas Wunderbares ist mit mir geschehen.«

Garibaldi ahnte, daß Lennier der Minbari war, vor dem ihn Martina gewarnt hatte.

»Lennier! Ich bin es. Garibaldi. Kennen Sie mich nicht mehr? Wir haben doch das Motorrad zusammen gebaut.«

»Das war in der Vergangenheit, Garibaldi. Dies ist die Gegenwart.« Lennier hantierte weiter mit der Waffe. »Ich habe viel über den Wurm nachgedacht, und ich habe herausgefunden, daß er die Masken abreißt, die wir uns aufgesetzt haben. Wenn man alles bis auf das Wesentliche reduziert, was bleibt dann? Haß, Angst – vor allen anderen.« Er stieß mit dem Speer zu. »Und Sie, Garibaldi, sind ein *anderer*.«

Garibaldi war das Spielchen jetzt leid und zog seine PPG, um den Minbari kampfunfähig zu machen. Plötzlich bewegte sich Lennier mit einer Geschwindigkeit, die ihm Garibaldi nicht zugetraut hätte, und rammte ihm den Speer in die Seite.

»Hey!« schrie Garibaldi und ließ die Waffe fallen. Er versuchte zu atmen, sank aber hilflos zu Boden. Leise stöhnend rollte er sich auf den Rücken.

Er blickte auf und sah Lennier, der mit einem Ausdruck des Wahnsinns auf dem Gesicht seinen Speer hob.

Dann kam die Dunkelheit.

»Wo ist der Chief?« fragte Captain Sheridan.

»Ich kann ihn nicht erreichen«, erwiderte Ivanova. Sie warf einen Blick aus dem Fenster der Beobachtungskuppel, um nach dem Wurm zu sehen. Das ganze Universum schien in ein grünes Leuchten verwandelt. Der Wurm nahm das gesamte Blickfeld ein. »Zuletzt war er auf dem Rückweg von Laramies Unterkunft.«

»Hat er Laramie ein Com-Link gegeben?«

»Ja.«

Captain Sheridan aktivierte seine eigene Kommunikationseinheit. »Sheridan an Laramie. Doktor, können Sie mich hören?«

Laramie klang beschäftigt, als seine Stimme aus dem Lautsprecher quäkte: »Ja, Captain?«

»Wir geht es voran?«

»Ich werde es wohl schaffen, wenn man mich in Ruhe läßt.«

Die Verbindung wurde beendet. Gleich darauf meldete sich Sheridans Com-Link erneut.

»Sheridan.«

»Captain? Hier ist Delenn. Ich muß Sie sofort sprechen.«

»Delenn? Wo sind Sie?«

Sie hörte sich sehr verstört an. »Im Zen-Garten. Ich treffe Sie bei der Shuttle-Station. Bitte, kommen Sie gleich.«

»Commander Ivanova«, wandte sich Sheridan an seine Stellvertreterin, »Sie übernehmen hier. Wenn Sie etwas von Laramie oder Garibaldi hören, rufen Sie mich.«

Er sah den Wurm an. »Wie lange noch?«

Ivanova kannte die Antwort, ohne nachzuschauen. »Zwanzig Minuten.«

Nach fünfzehn Minuten stieg Sheridan an der Shuttle-Station bei den Zen-Gärten aus.

Hier herrschte das Chaos. Der Ort des Friedens und der Stille, der weite Raum, die grüne Oase, hatte sich in ein Schlachtfeld verwandelt.

Zwei Centauri mit langen Stöcken verfolgten zwei übel zugerichtete Narn. Der Blitz aus einer PPG zerriß die Luft. In der Nähe eines Brunnens schlugen sich Vertreter zweier Rassen der nicht-assoziierten Welten, die als besonders friedlich galten. Jetzt trachteten sie danach, sich gegenseitig in dem flachen Wasser zu ertränken.

»Captain, danke für ihr Kommen.«

Sheridan drehte sich um und sah Delenn auf sich zukommen. Sie schwang etwas wild über ihrem Kopf, das wie eine Axt aussah. Ein Treffer mit der flachen Seite warf Sheridan auf die Knie.

»Delenn, was tun Sie?«

»Dies war *mein* Alptraum, Captain. Doch in meinem Traum waren *Sie* es, der mich getötet hat. Wenn einer von uns beiden sterben muß, dann Sie.«

Sie verschwand in einem kleinen Gebüsch, um kurz darauf mit einer weiteren, etwas kleineren Axt wieder aufzutauchen. Sie warf die Waffe zu Boden und schob sie mit dem Fuß in Sheridans Richtung.

»Es wäre nicht sehr ehrenhaft von mir, Ihnen eine Waffe zu verweigern.«

Sheridan nahm die Axt auf, er empfand den dringenden Wunsch zu überleben und unterdrückten Haß. Delenn attackierte ihn erneut, doch Sheridan blockte den Hieb ab und drängte die Botschafterin zurück. Der Kampf hatte begonnen, und Sheridan holte zu seinem ersten Schlag aus.

»Wenn Sie einen Kampf wollen, Botschafterin, werden Sie ihn bekommen.«

Delenn wich schwer atmend zurück. Sheridan stürmte auf sie ein, seine Faust umschloß die Streitaxt.

Da piepste sein Com-Link.

»Captain!« ertönte Ivanovas Stimme.

»Ich kann jetzt nicht!« bellte Sheridan und stürmte weiter vor.

Die Minbari hatte ihre Axt erhoben und lenkte Sheridans Stoß zur Seite ab. Während er strauchelte, meldete sich sein Com-Link abermals. Delenn warf sich auf ihn und zwang ihn zu Boden.

»Captain Sheridan!« rief Commander Ivanova. »Ich habe hier zwei Übertragungen auf dem Schirm. Die eine kommt von den Narn, die Londo festhalten, die andere von den Centauri, die G'Kar in ihrer Gewalt haben. Beide Botschafter sind zu sehen. Ihre Entführer sagen, sie werden sie in zwei Minuten hinrichten, sobald der Wurm die Station erreicht hat.«

Sheridan ignorierte die Nachricht aus dem Com-Link; er starrte in die Augen von Delenn, die seinen Haß reflektierten. Für den Bruchteil einer Sekunde sah er wieder das Bild aus seinem Alptraum – er selbst als Minbari, der alles haßte, was nicht Minbari war.

»Nein!« schrie Sheridan. Die Minbari waren die Feinde. Er stieß Delenn weg und rappelte sich auf. Ein Haß, wie er ihn noch nie zuvor gespürt hatte, raste durch seinen Körper. Er stürzte sich auf die Botschafterin und trieb sie mit furchtbaren Schlägen immer weiter zurück, bis sie in die Knie ging und nur noch ihre Waffe schützend vor ihren Leib halten konnte.

»Muß ich so sterben?« sagte Delenn, als die Kraft sie verließ und die Axt zu Boden polterte. Sie sah den Captain entsetzt an.

»Ja!« fauchte Sheridan und hob in rasender Wut die Waffe über seinen Kopf ...

Just in diesem Moment gingen auf *Babylon 5* die Lichter aus.

41

Der Wurm ging durch *Babylon 5* hindurch.

Dr. Creighton Laramie konnte ihn spüren. Er arbeitete hektisch an der Vorbereitung des Energiestoßes, der sein Pendant aus dem Sektor BRAUN neutralisieren sollte. Er spürte den Wurm. Er hatte keine Scanner, die das bestätigten, aber er spürte etwas. Da war etwas. Und plötzlich war es weg.

Jedes Lebewesen auf *Babylon 5* konnte es spüren. Jeder Passagier auf jedem Schiff in der näheren Umgebung spürte es. Jedes Mitglied des Centauri-Kreuzers, auf dem man G'Kar exekutieren wollte, jeder Flüchtling an Bord der gekaperten Schiffe; sie alle spürten, wie der Wurm sie durchfuhr und dann verschwand.

Jedes empfindende Wesen auf jedem Deck der Station konnte es spüren. Reverend Bobby James Galaxy spürte es, und er gab den FERMINS ANGELS das verabredete Signal, den Energiestoß auszusenden, der die Station vernichten sollte. Er fühlte etwas – und dann nichts mehr.

Und dann gingen die Lichter aus, genau in dem Augenblick, da Dr. Laramies Energiestoß auf den von Bobby James Galaxy traf. Dunkelheit brach über die Station herein, als der Wurm durch sie hindurchging – und verschwand.

Als die Energie wieder zurückkehrte, studierte Commander Ivanova in der Kommandozentrale verzweifelt die beiden Bildschirme, die für Augenblicke schwarz geworden waren.

Sie konnte immer noch das Bild zweier – Gott sei Dank – lebender Aliens sehen: Londo und G'Kar.

»*Babylon 5* Kommandozentrale«, kam die Stimme der Narn, »wir sind bereit, über die Freilassung des Botschafters zu verhandeln.«

Sofort kontaktierte Ivanova den Kreuzer der Centauri. »Die Narn sind bereit, den Botschafter freizulassen, wenn Sie G'Kar gehen lassen. Einverstanden?«

»Wir werden ... über diesen Vorschlag nachdenken.« Kurz darauf meldete sich der Captain des Schiffes selbst zu Wort. Sein Tonfall war höflich: »Wir sind zu einem Gefangenenaustausch bereit, der so bald wie möglich stattfinden sollte.«

»Danke«, entgegnete Ivanova und schaltete beide Kommunikationsschirme ab. Dann sprach sie in ihr Com-Link: »Doktor Laramie, sind Sie noch da?«

»Ja, Commander, ich kann Sie hören«, sagte Laramie erleichtert.

»Drohen *Babylon 5* noch weitere Energiestöße?«

»Ich glaube nicht. Ich habe das Energienetz so kalibriert, daß es jeden weiteren Stoß aus dem Sektor BRAUN automatisch ausgleicht. Ich werde mich in mein Labor zurückziehen. Meine Geräte dürften interessante Daten aufgezeichnet haben.«

»Danke, Doktor.«

Laramie schaltete ohne ein weiteres Wort ab.

Ivanova versuchte erneut, den Chief zu erreichen, doch Garibaldi meldete sich nicht. Trotzdem wurde kurz darauf sein Com-Link aktiviert.

»Äh, Commander Ivanova?« ließ sich eine verängstigt klingende Stimme vernehmen.

»Ja, hier spricht Ivanova. Wer ist da?«

»Lennier.«

Susan Ivanova war irritiert. »Lennier? Ist Chief Garibaldi bei Ihnen?«

»Ja, das ist er, Commander«, antwortete Lennier mit flacher Stimme.

»Können Sie ihn mir geben?«

»Nein, das kann ich nicht, Commander. Ich schlage vor, Sie schicken sofort Hilfe. Der Chief benötigt ... medizinische Versorgung.«

»Was ist passiert?« fragte Ivanova.

»Ich glaube ... ich habe ihn getötet.«

42

Captain John Sheridan und Botschafterin Delenn fühlten, wie der Wurm durch sie hindurchging. Als es im Zen-Garten wieder hell wurde, standen sie einander Angesichts zu Angesicht gegenüber, Waffen in ihren Händen.

Als hätte die Axt sie verbrannt, ließ Delenn sie augenblicklich auf den Boden fallen; auch Captain Sheridan ließ seine Waffe los und starrte sie wie ein unbekanntes Wesen an.

»Botschafterin, ich weiß nicht, was ich sagen soll«, begann er hilflos.

Wie versteinert und unfähig, ihm in die Augen zu sehen, fiel ihm Delenn ins Wort: »Ich habe Sie hierher gelockt, Captain. Meine furchtbaren Träume haben mich dazu gebracht.«

»Ich hatte ebenfalls furchtbare Träume«, sagte Sheridan und sah die Botschafterin fest an. Er fürchtete, einen Feind zu sehen, doch er sah einen Freund. Mit leiser Stimme sagte er: »Wenn Sie wollen, bleibt dieser Vorfall unter uns.«

»Ich wünsche mir nichts mehr als das, Captain.« Ihr Blick traf den seinen. »Es tut mir sehr leid.«

Sheridan drehte seine Handflächen und musterte sie, als gehörten sie nicht zu seinem Körper. »Ich hätte ... Sie fast umgebracht« sagte er ungläubig.

»Es war ein entsetzliches Erlebnis, schlimmer als jeder Alptraum«, entgegnete Delenn.

Sheridan trat vor, um ihr aufzuhelfen.

Delenn zuckte zurück. »Bitte, Captain, nicht. Ich muß ... nachdenken.«

Abrupt erhob sie sich, drehte sich um und eilte davon. Sheridan blieb nichts anderes übrig, als weiter seine Hände anzustarren. Sie zitterten.

Nach einer Weile hatte Sheridan seine Fassung wiedergefunden; er verließ den nunmehr befriedeten Zen-Garten. Er nahm das Shuttle zurück zur Aussichtskuppel. Auf dem Weg dorthin sah er Bewohner von *Babylon 5*, die orientierungslos und verstört umherirrten, als wären sie gerade aus einem Traum erwacht. Die beiden Aliens im Brunnen standen sich triefnaß gegenüber und sahen einander an wie Fremde. Waffen, handgemachte wie industriell gefertigte, lagen überall herum. Über ihm fuhr das Shuttle in die Station ein, als sei nichts geschehen.

Aber es war etwas geschehen. Zuviel sogar.

43

Michael Garibaldi erwachte auf Franklins Operationstisch, erleichtert, ihn lächeln zu sehen.

»Geht es Ihnen besser?« erkundigte sich der Doktor.

»Fit wie ein Turnschuh. Bin ich hinüber?« scherzte Garibaldi.

»Nein, aber Lennier dachte es. Er ist deswegen schwer deprimiert. Auf *Babylon 5* ist im Augenblick einiges los. Aber um bei der Wahrheit zu bleiben, das ist alles ein Klacks im Vergleich zu den Schwierigkeiten, die Sie mir bereitet haben.«

»Wie lange war ich weg?«

»Ungefähr drei Stunden. Ihre Lungenflügel waren kollabiert.«

»Autsch. Kein Wunder, daß ich nicht richtig atmen konnte. Wann lassen Sie mich hier wieder raus?«

»Wenn Sie ein braver Junge sind, lasse ich Sie in zehn Stunden gehen. Sie sollten es aber für eine Weile nicht übertreiben.«

»Was für eine angenehme Vorstellung.«

»Für uns alle«, ergänzte Franklin.

Garibaldi versuchte zu lachen, aber statt dessen stöhnte er vor Schmerz.

In der Kommandozentrale war unterdessen wieder so etwas wie Normalität eingekehrt.

Müde, aber lächelnd, erstattete Ivanova Sheridan Bericht: »Londo und G'Kar sind frei. Das heißt zwar nicht, daß beide jetzt Brüderschaft trinken, aber es ist immerhin ein Anfang.«

Sheridan quittierte das mit einem Nicken. »Ich habe bereits drei Meldungen von Londo erhalten, in denen er die Bedingungen anprangerte, unter denen er festgehalten wurde. Er verlangt nicht weniger als die Köpfe seiner Entführer auf einem silbernen Tablett.«

»Was uns zu einer ganz anderen Sache bringt«, erklärte Ivanova ernst. »Was ist mit der Strafverfolgung? Obwohl der Wurm weg ist, erwartet uns noch eine Menge Ärger. Dr. Franklin sagt, daß die mörderischen Impulse des Wurms zwar abgeklungen sind, aber daß da draußen immer noch viel Dampf abgelassen wird. Man schlitzt sich zwar nicht mehr gegenseitig die Kehlen auf, aber alle brüllen sich die Lungen aus dem Leib.«

»Ich weiß«, bestätigte Sheridan. »Ich habe Unmengen an Beschwerden über LEBEN IM WANDEL auf meinem Schreibtisch, und die Veranstalter des trinokularischen Film-Festes verlangen, daß wir den Kinosaal wieder herrichten, damit sie mit den Vorführungen fortfahren können. Andernfalls wollen sie keine Benutzungsgebühren entrichten.«

»Wenigstens haben wir Reverend Bobby James Galaxy in Gewahrsam«, sagte Ivanova.

»Dafür können Sie Garibaldis Männern danken, die endlich wieder bei Verstand sind. Ich bin sicher, der Chief hat eine Menge Disziplinarverfahren einzuleiten, aber wenigstens weiß wieder jeder, für welches Team er spielt. Wo steckt Garibaldi eigentlich?«

»Er ruht sich aus und wird dem Treffen um 08:00 fernbleiben müssen.«

»In Ordnung. Ich finde, wir sollten uns alle ein wenig Ruhe gönnen, bevor die Versammlung stattfindet. Wie steht es mit den anderen?«

»Auf seine sympathische Art hat Dr. Laramie sein Kommen angekündigt, und auch Martina Coles hat anscheinend vor zu erscheinen.«

»Kosh?«

»Er hat sehr zurückhaltend reagiert, aber ich denke, er kommt.«

»Fein. Ich will so viele Standpunkte wie möglich hören. Es wird schwer genug werden, einen Bericht über den Wurm zu schreiben, der die Erdzentrale zufriedenstellt. Je mehr wir wissen, desto besser.«

Sheridan drehte sich um und starrte aus dem Fenster der Beobachtungskuppel. Nichts als Sterne und die unendliche Schwärze waren zu sehen. »Haben Sie sich Gedanken gemacht, was Sie empfanden, als der Wurm Sie durchlief?« fragte er.

Ivanova hielt einen Moment inne. »Ja, ich habe darüber nachgedacht. Das Gefühl war mit nichts zu vergleichen; ich kann es nicht beschreiben.«

»Ich auch nicht«, stimmte Sheridan zu und drehte sich zu ihr um. »Aber ich weiß genau, das da etwas war. Das war keine Illusion, egal was die Scanner sagen.«

»Die präziseste Beschreibung, die ich geben kann, ist, daß es schien, als hätte etwas von sehr hoch oben für einen Moment auf uns hinabgeschaut, ehe es seinen Weg fortsetzte.«

Sheridan nickte bedächtig. »Ja, so ungefähr.«

»Was, denken Sie, ist mit dem Wurm passiert? Wo ist er hin?«

»Ich weiß es nicht«, sagte Sheridan nachdenklich. »Wahrscheinlich ist er dahin zurückgekehrt, wo er hergekommen ist. Die Scanner haben nichts mehr feststellen können. Ein Techniker, der den Wurm beobachtet hat, sagt, er wäre ausgegangen wie eine Glühbirne, wenn man den Lichtschalter betätigt.«

»Ich frage mich, ob wir jemals erfahren, was es war«, sagte Ivanova.

»Das bezweifle ich«, entgegnete der Captain und wandte sich erneut dem endlosen All jenseits des Fensters zu. »Irgendwie bezweifle ich das . . .«

44

Martina Coles saß in ihrem Quartier und fand endlich wieder zu sich selbst. Das Summen in ihrem Kopf war verklungen. Und das Etwas, was immer es gewesen war, war auch verschwunden.

Seltsamerweise glaubte sie beinahe zu wissen, was es gewesen war.

Kopfschüttelnd fuhr sie damit fort, ihre Sachen zusammenzupacken. Der Alltag würde wieder auf *Babylon 5* Einzug halten, und auf sie wartete eine neue Mission. Das Epsilon-Sprungtor war wieder eröffnet worden, und sobald ihr Transporter andockte, würde sie die Reise antreten.

Auch das verwunderte sie: Es tat ihr fast leid abzureisen.

Der Türsummer ertönte.

»Herein«, rief sie.

Die Tür öffnete sich leise, und herein kam ein lädierter, aber grinsender Michael Garibaldi.

»Hallo«, sagte der Chief und betrat, anscheinend aufgeräumter Stimmung, den Raum.

Martina brachte ein vages Lächeln zustande. »Hallo.«

Garibaldi druckste herum. »Ich wollte mich nur erkundigen, ob es Ihnen gutgeht.«

»Es geht mir gut ... jetzt«, erwiderte Martina. Sie wollte sich wieder ihrem Gepäck zuwenden, doch dann trat sie auf Garibaldi zu und sah ihm in die Augen.

»Ich möchte mich für Ihre Hilfe bedanken«, sagte sie.

»Nicht der Rede wert. Ich habe Ihnen bloß 'ne Roßkur verpaßt und Sie mit Wasser abgefüllt.«

»Es war mehr als das. Sie waren nett zu mir. Sie waren mir nahe. Es ist schwer für mich, jemanden an mich heranzulassen, und es ist mir immer schwergefallen, mich bei irgend jemandem für irgend etwas zu bedanken.«

Garibaldi winkte ab. »Seien Sie nicht so hart gegen sich selbst, Martina.«

»Ich bin nur objektiv. Vor langer Zeit sind Dinge geschehen, die das aus mir gemacht haben, was ich heute bin. Ich bin kein sehr geselliger Mensch. Ich habe Probleme, mit anderen umzugehen. Aber diese Sache mit dem Wurm hat mich einiges über mich gelehrt. Konflikte mit anderen Menschen können sehr gesund sein. Aber zu viele Konflikte sind genauso schädlich wie gar keine.« Ihr Gesicht entspannte sich zu einem wirklichen Lächeln, und sie küßte Garibaldi auf die Wange. »Danke.«

Garibaldi wurde rot. »Äh, ja ... gern geschehen.«

Verlegen wandte sich Martina wieder ihrem Gepäck zu.

»Sehe ich Sie später bei dem Treffen mit dem Captain?«

»Ja«, sagte Martina.

»Also ... dann sehen wir uns dort«, sagte Garibaldi und verließ das Quartier.

Als sich die Tür geschlossen hatte, schaute Martina auf, lächelte und flüsterte noch einmal: »Ja.«

Auf dem Weg zur Sicherheitszentrale hielt Garibaldi bei Lenniers Quartier, aber der Minbari war nicht da. Als der Chief sich umdrehte, wäre er fast mit Lennier zusammengestoßen, der mit gesenktem Blick in seine Räume hasten wollte.

Mit einem Ächzen zuckte Lennier zurück. Sofort schlug er wieder die Augen nieder.

»Hey, Lennier, wie geht's?« fragte Garibaldi freundschaftlich.

Der junge Minbari zitterte. »Ich darf nicht mit Ihnen sprechen, Sir . . .«, sagte er.

»Hey, was soll das? Mögen Sie mich nicht mehr?«

»Ich habe . . . mich Ihnen gegenüber unehrenhaft verhalten. Ich habe etwas getan, das nie wieder gutzumachen ist.«

Garibaldi behielt seinen freundlichen Ton bei: »Was haben Sie angestellt? Beim Pokern geschummelt?«

Lennier hob kurz den Blick, um Garibaldi anzusehen. »Sie wissen, wovon ich spreche, Sir.«

Garibaldi deutete auf seine verarztete Seite. »Was, das hier? Ist doch bloß ein Kratzer.«

»Ich wollte Sie töten«, flüsterte Lennier.

»Aber es hat nicht geklappt. Mit dem Speer sind sie wirklich eine Niete.«

Garibaldi wurde ernst und legte seine Hand auf die Schulter des Minbari; Lennier zuckte zusammen, zog sich aber nicht zurück. »Lennier«, sagte der Chief, »es waren nicht wirklich Sie, der mir ans Leder wollte. Es war ein Teil von Ihnen, der in uns allen steckt, ein Teil, den wir sonst niemals herauslassen. Ein Ort, an dem wir unsere tiefsten Ängste und Gefühle verbergen, an dem wir uns verkriechen, wenn es nicht mehr anders geht. Es ist der Teil, der uns angst macht vor allem, was anders ist als wir selbst.«

Obwohl Lennier ihn immer noch nicht offen ansah, wußte Garibaldi, daß er aufmerksam zuhörte.

»Ich habe darüber viel nachgedacht, Lennier«, fuhr Garibaldi fort, »und ich glaube, daß dieser Wurm die Furcht und den Haß in unserem Inneren freigesetzt und sie als Alpträume manifestiert hat. Schließlich wurden die Alpträume so real, daß sie außer Kontrolle gerieten.« Er packte Lenniers Schulter noch fester. »Aber das sind nicht wir gewesen, Lennier – nicht wirklich. Nur ein winziger Teil von uns, der zur Selbsterhaltung dient. Man kann sich diesen Teil nicht ausreißen oder ihn einfach zum Teufel wünschen. Wir müssen diesen Teil zähmen und mit ihm leben lernen.«

Lennier sah ihn nun endlich an, und Garibaldi nahm die Hand von der Schulter und knuffte ihn.

»Hey«, sagte der Chief lachend, »glauben Sie, ich würde mit jemandem ein Motorrad bauen, der mich umbringen will? Apropos, die FERMIS ANGELS haben mir ein paar tolle Ideen gesteckt, und ich denke, wir könnten die ZX-11 noch aufmotzen. Leider sind die meisten der ANGELS momentan im Bau, aber ich glaube, ich könnte eines ihrer Maschinchen zur Inspektion beschlagnahmen. Das heißt, wenn Sie wollen ...«

Lennier lächelte scheu. »Es wäre ein Privileg. Ich habe übrigens auch über die Geschehnisse nachgedacht und bin dabei zu einigen interessanten Einsichten gelangt. Was, wenn das Wachstum und die Fortentwicklung einer Rasse im Zusammenspiel mit anderen Rassen vom immerwährenden Konflikt verschiedener Glaubenssysteme abhängt?«

»Davon hatten wir ja nun wirklich genug«, bemerkte Garibaldi trocken.

»Sehen Sie sich die Geschichte anderer Welten an«, fuhr Lennier fort. »Wo sind die Rassen von Heiligen, die ihre Spezies zur Perfektion entwickelt haben? Vielleicht ist das Paradies ein Ort der Stagnation und des Todes.«

»Sie wollen sagen, daß der ganze Ärger und die ganze Streiterei eigentlich ganz fruchtbar waren?«

»In gewissem Sinne.«

Das Com-Link des Chiefs meldete sich.

»Garibaldi hier«, antwortete er.

»Oh, Chief«, hörte er die Stimme eines jungen Fähnrichs, »wir könnten Sie ihm großen Saal gebrauchen. Es gibt eine bisher friedliche Demonstration gegen die LIW-Leute. Templeton meint, man könnte Ihre Unterstützung auch auf dem *Zocalo* benötigen, es hat Plünderungen gegeben. Außerdem ...«

»Ich bin gleich da«, schnitt Garibaldi dem Fähnrich das Wort ab. Er sah zu Lennier, der lächelte: »Ich muß los. Es geht immer noch ziemlich wild zu. Einige dieser Ängste und Gefühle, über die wir gesprochen haben, sind immer noch nicht gezähmt. Aber ich glaube, Sie haben mir einen Tip gegeben, wie wir die ganze Sache wieder ins Lot bringen können ...«

45

Captain Sheridan sah wieder frisch und erholt aus, als er nach sechs Stunden Schlaf die Versammlung im Besprechungsraum zur Ordnung rief.

»Ich habe Sie alle hierher gebeten, damit wir gemeinsam versuchen, möglichst viel über die Natur des Wurms herauszufinden«, begann er. »Es ist sehr wichtig, daß unser Bericht so offen und umfassend wie möglich ist. Die endgültige Fassung wird jedem, der es wünscht, auf einem Datenkristall zur Verfügung gestellt. Eine verkürzte Fassung wird allen Medien auf *Babylon 5* überlassen. Sie alle haben Chief Garibaldis Meinung zum Ursprung der Alpträume gehört, und wie ich haben Sie sie wahrscheinlich sehr aufschlußreich gefunden. Dr. Franklin, möchten Sie noch etwas hinzufügen?«

Franklin schüttelte den Kopf. »Diese Erklärung ist wahrscheinlich so gut wie jede andere. Keiner der Scanner hat etwas Brauchbares gebracht – aber als Theorie ist Chief Garibaldis Interpretation durchaus glaubwürdig. Ich glaube aber«, und jetzt grinste er, »daß die Verschwörungs-Freaks ganz eigene Theorien entwickeln werden, wenn Sie erst mal Einblick in unsere Datenbanken hatten.«

Sheridan lächelte. »Schon klar. Ich denke, wir sollten uns jetzt Dr. Creighton Laramie widmen. Doktor?«

Laramie sah von dem Glas Wasser vor sich auf, nickte und begann mit seinen Ausführungen: »Captain Sheridan, Sie erinnern sich sicher, daß ich Ihnen sagte, meine Scanner hätten den Schatten von etwas aufgezeichnet, das nicht wirklich existierte. Das scheint mir eine korrekte Umschreibung. Was die Instrumente registrierten, als der Wurm *Babylon 5* erreichte, war ein Schatten, ein Echo von etwas, das eigentlich gar nicht da war. Wir haben einen Blick auf ein fremdes Wesen oder vielleicht in eine fremde Welt werfen können Es war da, und es war nicht da. Das scheint keinen Sinn zu ergeben, aber genauer werden wir es wohl nicht beschreiben können. Die fremde Welt, von der ich spreche, ist nicht der Hyperraum. Es gibt kein Sprungtor dorthin, wo die Erscheinung herkam. Es ist eine andere Ebene.«

Laramie nahm noch einen Schluck Wasser und setzte das Glas vorsichtig wieder ab. Er streckte seine Hände aus. »Denken Sie an einen Spaziergang in einem Wald auf der Erde. Sie kommen an einen Fluß, und beim Überqueren tauchen Sie mit einem Fuß in das Wasser ein. Sie gehören nicht in die Wasserwelt, aber für einen Augenblick sind Sie in sie eingedrungen. Wenn Sie gerade an etwas anderes gedacht haben, haben Sie es vielleicht kaum bemerkt. Aber jedes Teilchen, jedes Lebewesen im Wasser, hat Ihre Präsenz gespürt. Sie haben nämlich mächtig Wirbel gemacht.«

Laramie legte seine Hände flach auf den Tisch und schloß mit den Worten: »Der Wurm war der Mann im Wald, und wir waren das Wasser.«

»Dr. Laramie«, begann Captain Sheridan, »waren Sie in der Lage, etwas Konkretes über diese andere Ebene herauszufinden?«

»Nichts, was ich hier diskutieren werde«, sagte Laramie stur. Er wandte sich an Garibaldi. »Und wenn ich nicht irre, hatten Sie mir versprochen, alle Wanzen aus meinem Quartier entfernen zu lassen.«

»Ich habe mein Wort gehalten«, sagte der Chief. »Alles, was mir gehörte, wurde entfernt.« Er blickte zu Sheridan und zwinkerte kaum merklich.

»Alle Erkenntnisse und Funde bleiben in meinem Besitz, und damit im Besitz von Barker Industries«, sagte Laramie. »Wenn Sie dazu noch etwas zu sagen haben, wenden Sie sich bitte an die Erdzentrale.«

»Kein Grund zur Feindseligkeit«, beruhigte der Captain den Doktor. »Wir sind sehr dankbar für Ihre Hilfe bei der Rettung von *Babylon 5*.«

Laramie erhob sich. »Ich wäre Ihnen dankbar, wenn Sie mich allein lassen würden, damit ich meine Arbeit beenden und meine Rückreise vorbereiten kann, die ich so bald wie möglich anzutreten gedenke.«

»Natürlich ...«, begann Sheridan, aber Laramie verließ bereits ohne ein Wort den Raum.

»So charismatisch wie immer«, bemerkte Garibaldi.

Captain Sheridan atmete tief durch und wandte sich an Martina Coles. »Würden Sie *Ihre* Eindrücke mit uns teilen?«

Zuerst zögerte Martina. »Ich kann nur sagen, daß der Wurm ... etwas repräsentierte. Ich weiß nicht, was. Vielleicht war er sich, wie Doktor Laramie vermutet, unserer Existenz nicht einmal bewußt. Vielleicht wäre Botschafter Kosh besser geeignet, diese Frage zu beantworten ...«

Alle Augen wandten sich Kosh zu, der in seinem undurchdringlichen Schutzanzug ein wenig abseits stand.

»Botschafter Kosh, haben Sie etwas zu sagen?«

Nach einer langen Weile erklang das melodische Spiel der Übersetzungseinheit, und gemischt mit seltsamen Klängen kam die Antwort: »Nein.«

Sheridan war verblüfft, blieb aber diplomatisch: »Ich registriere Ihre Zurückhaltung, aber ich verstehe sie nicht. Bei Ihrer Audienz mit Martina Coles haben Sie doch auf etwas aus der Richtung des Wurms hingewiesen. Sie beschrieb es als einen Geist, Dr. Laramie auch. Sie sagte außerdem, Sie seien von seiner Existenz schockiert gewesen. Können Sie uns gar nichts über seinen Ursprung sagen? Irgend etwas?«

»Ich kann . . . nichts sagen.« Darauf drehte sich Kosh um und verließ den Raum.

»Nun«, sagte Sheridan, »unter den gegebenen Umständen beendet das wohl unsere Versammlung.« Er wandte sich an Garibaldi: »Ich möchte Sie gerne noch sprechen.«

Garibaldi nickte. »Okay.«

Als Martina Coles an Garibaldi vorbeiging, reichte sie ihm die Hand. »Bis zum nächsten Mal.«

Garibaldi nahm ihre zerbrechliche Hand, führte sie an seine Lippen und küßte sie ganz leicht. »Bis zum nächsten Mal.«

Martina lächelte: »Ich möchte Ihnen noch einmal danken.«

Nachdem alle den Raum verlassen hatten, saßen Sheridan und Garibaldi einander gegenüber.

»Zuerst einmal«, begann Garibaldi, »habe ich Datenkristalle von allem, was Laramie in seinem Labor aufgezeichnet hat, als der Wurm die Station durchdrang.«

»Wie das?«

»Ich habe ihm versprochen, alle *meine* Wanzen zu entfernen. Aber von *Ihren* Wanzen war nicht die Rede.«

Sheridan lachte. »Und geben die Daten etwas her?«

»Laramie wird sich wundern. Die Daten verraten nicht mehr, als er ohnehin bereits wußte. Sein Traum, daraus eine neue Waffe zu entwickeln, dürfte sich in Wohlgefallen auflösen.«

»Na, Gott sei Dank.«

»Zweiter Punkt«, fuhr Garibaldi fort. »Hatten Sie nicht auch das Gefühl, daß Kosh erregt war?«

»Sehr sogar«, stimmte Sheridan zu. »Was immer geschehen ist, als der Wurm die Station passierte, es hat ihn tief bewegt. Ich wünschte nur, er würde uns sagen, was los ist.«

»Ich kann rausfinden, was jemand wie Laramie weiß, aber bei Kosh ist das eine andere Sache. Ich glaube aber, daß Kosh uns aufgeklärt hätte, wenn die Station noch in Gefahr wäre.«

»Ja-ah«, sagte der Captain gedehnt. »Außerdem müssen wir seine Privatsphäre respektieren.«

»Punkt drei«, versetzte Garibaldi. »Ich habe einen Plan, wie wir die Ordnung auf *Babylon 5* wiederherstellen können. Aber dazu müssen Sie mir vertrauen.«

»Was ist das für ein Plan?«

»Theoretisch ist alles ganz einfach. Es gibt keine Möglichkeit, alle zerstrittenen Gruppen auf *Babylon 5* an einen Tisch zu bringen. Aber wenn sie so weitermachen, werden sie auch noch den Rest der Station zerlegen. Ich dachte also . . .«

Als Garibaldi geendet hatte, runzelte Sheridan nachdenklich die Stirn: »Sie glauben ernsthaft, daß das funktioniert?«

»Die Alternative wäre ein massives militärisches Eingreifen der Erdstreitkräfte, und da wir die Erdregierung nicht in unseren Kleiderschrank gucken lassen wollen, bleibt uns nichts anderes übrig.«

»Wenn es klappt, bleibt unsere Autonomie gewahrt«, sagte Sheridan. »Schon aus diesem Grund ist es den Versuch wert.«

»Es gibt noch einen Grund«, sagte Garibaldi und stand auf, wobei er versuchte, seine verletzte Seite nicht zu belasten.

»Und der wäre?« fragte Sheridan.

Garibaldi grinste. »Es wird höllisch viel Spaß machen.«

Botschafterin Delenn erwartete Sheridan vor dem Besprechungsraum. »Captain«, sagte sie zaghaft.

Sheridan war nicht minder unsicher. »Es ist . . . schön, Sie zu sehen.«

Delenn dachte einen Moment nach, ehe sie fortfuhr: »Es ist auch gut, Sie zu sehen, Captain.« Die Andeutung eines Lächelns umspielte ihre Lippen, und sie blickte zu Boden. »Ich wollte nur meiner Hoffnung Ausdruck verleihen, daß diese Affäre unsere . . . Beziehung nicht negativ beeinflussen wird.«

»Wir waren nicht wir selbst, Botschafterin«, sagte Sheridan.

Delenn hob den Blick und sah den Captain offen an. Nach einer Pause sprach sie entschlossen: »Ich habe lange und sorgfältig darüber nachgedacht, Captain, und Sie haben recht. Wir waren nicht wir selbst.«

»Ich hoffe jedoch, daß wir wieder wir selbst sein können«, sagte Sheridan.

»Das hoffe ich auch, Captain.«

46

»Sind Sie sicher?« fragte Commander Ivanova zweifelnd, als sie neben Chief Garibaldi herlief.

»Vertrauen Sie mir«, bat Garibaldi.

Hinter ihnen marschierten vierzig handverlesene Sicherheitsoffiziere, bis an die Zähne bewaffnet. Garibaldi wußte, daß sie die Waffen nicht benötigen würden. Alles, was er brauchte, war seine große Klappe.

Sie begannen in den Überresten der Konferenzhalle, in denen sich die Vereinigung LEBEN IM WANDEL niedergelassen hatte.

»Diese Typen geben einfach nicht auf«, bemerkte Ivanova fast bewundernd, als sie den harten Kern sah, dessen Angehörige sich zwischen den Trümmern breitgemacht hatten. Sie waren grün und blau geprügelt worden, man hatte ihnen sogar den größten Teil ihrer Kleidung abgenommen. Trotzdem stimmten sie ihre Gesänge an, umgeben von einer wütenden Meute Störer; unter ihnen ein paar FERMIS ANGELS, darunter Silicon, die sich Bobby James Galaxy nicht angeschlossen hatten.

»Ihr seid Fehler«, murmelten die Mitglieder von LEBEN IM WANDEL. »Ihr seid unnatürlich. Ihr seid zufällig.«

»Und ihr Eierköpfe seid gleich Hundefutter!« schrie Silicon; ihr Ruf wurde von Pfiffen und Gejohle quittiert.

Ungerührt fuhren die Sänger fort: »Ihr seid Fehler. Ihr seid unnatürlich. Ihr seid ...«

»Schluß jetzt!« mischte sich Garibaldi ein und begab sich schnurstracks unter die Meute. Seine Leute trieben hinter ihm einen Keil in die Menge; Störer wurden grob zur Seite gestoßen.

Der Sicherheitschef blieb vor den LEBEN IM WANDEL-Leuten stehen.

»Wer hat hier das Sagen?« wollte er wissen.

Nach einer kurzen Pause begann der Singsang wieder. »Ihr seid Fehler. Ihr seid ...«

Garibaldi schnappte sich den erstbesten Rezitator und schüttelte ihn durch. »Ich habe gefragt, wer hier das Sagen hat!«

Der religiöse Fanatiker deutete eingeschüchtert auf einen seiner Genossen, dessen Kleidung mit einer beträchtlichen Menge Glitzerzeug verziert war.

Garibaldi packte den Anführer am Arm: »Du kommst mit mir!«

»Recht so, Chief!« brüllte Silicon.

»Du auch«, antwortete der Chief und griff sich auch Silicon. Er übergab die beiden Rädelsführer seinen Leuten, die sie in Gewahrsam nahmen.

Silicon schmollte. »Hey, Chief. Und ich hätte dich glatt noch einmal auf meiner Maschine mitfahren lassen.«

»Vorwärts!« befahl Garibaldi.

Es dauerte Stunden, bis die Trupps alle Sektoren der Station durchsucht und die religiösen Führer eingesammelt hatten. Die Menge an Schutt und Zerstörung war besorgniserregend, aber Garibaldi gab nicht auf, bis er alle Unruhestifter unter seine Fittiche genommen hatte, inklusive Londo und G'Kar.

»Das ist ungeheuerlich!« protestierte Londo, als er aus seinem Quartier geführt wurde. »Ich werde Ihre Regierung davon in Kenntnis setzen.«

»Immer mit der Ruhe, Londo«, sagte Garibaldi. »Wir machen das mit allen. Und bilden Sie sich ja nicht ein, Sie könnten Kontakt mit dem Centauri-Kreuzer aufnehmen. Der hat seinen Sprungtorgenerator schon vor Stunden repariert und ist weg.«

»Wie dem auch sei. Diese Ungeheuerlichkeit wird nicht hingenommen werden.«

Lächelnd übergab ihn Garibaldi seiner Truppe, worauf er zu den anderen gesperrt wurde.

Die Razzia war vorbei, und Garibaldi hatte alle seine Delinquenten in einem Konferenzraum versammelt, den er aufräumen und mit einem runden Tisch hatte ausstatten lassen. Er selbst stand an der Tür und lächelte freundlich, während einer nach dem anderen Platz nahm.

»Kommen Sie rein, setzen Sie sich. Und dann hergehört!«

Fünfzig Augenpaare (von den Repräsentanten des trinokularischen Film-Festes einmal abgesehen) musterten den Chief mit unverhohlener Feindseligkeit.

»Im Augenblick«, begann Garibaldi, »hassen Sie mich alle wie die Pest. Aber das ist mir, ehrlich gesagt, schnurz. Sie müssen nicht mit mir klarkommen, Sie müssen *miteinander* klarkommen. Der Wurm – oder was auch immer – ist weg. Ich gebe nichts darauf, wofür oder wogegen Sie sind, aber jetzt ist Feierabend damit, klar? Es wird eine Verhandlung geben. Sie werden einen Vorsitzenden und ein Komitee wählen. Es liegt in Ihrer Verantwortung, wer was macht und in welcher Form Sie alle für die Schäden an der Station aufkommen. Und wenn das hier vorbei ist, werden Sie zahlen. Die Wahl des Komitees beginnt hier und jetzt. Alle aggressiven Verhaltensweisen werden sofort eingestellt. Wer von Ihnen gesetzliche oder diplomatische Maßnahmen gegen diese Anordnung ins Auge faßt«, dabei sah er Londo scharf an, »kann das gerne tun, aber von *außerhalb* der Station.«

Ein aufgebrachtes Gemurmel erhob sich.

»Jeder Aufrührer wird mit dem Verweis von der Station bestraft, ungeachtet seines Status oder seines Zustandes. Auf *Babylon 5* gilt immer noch der Notstand; und ich bin zu dieser Maßnahme befugt.« Darauf drehte sich Garibaldi um und verließ den Konferenzraum. Die Proteste wurden lauter, als er seinen Leuten bedeutete, die Türen hinter ihm zu verriegeln. »Sorgt dafür, daß niemand hier rauskommt, bevor sich alle beruhigt haben.«

Ivanova erwartete ihn auf dem Gang. Sie schüttelte den Kopf. »Sie sagen ›Schluß jetzt!‹ und gehen einfach raus? Aber es ist noch nicht zu Ende, Garibaldi. Jetzt haben die es auf Ihren Hintern und Ihre Rente abgesehen.«

Garibaldi grinste. »Klar haben sie. Wenn ihnen Zeit dazu bleibt. Die haben genug mit diesem Schwachsinn zu tun, den ich ihnen aufgenötigt habe.«

Ivanova lächelte. »Ich frage mich, wie lange die brauchen werden, um das Komitee zu wählen, geschweige denn einen Vorsitzenden.«

»Oh, schätzungsweise ein Jahrtausend. Ungefähr so lange, wie es dauern wird zu erforschen, was dieser Wurm war.«

Ivanovas Gesichtsausdruck verdüsterte sich wieder. »Ein paar üble Sachen sind in den letzten Tagen passiert. Glauben Sie, daß hier jemals wieder der Alltag einkehrt?«

»Was heißt schon Alltag?« entgegnete Garibaldi. »Wir tun unser Bestes und machen weiter, wie immer.« Er deutete in Richtung Konferenzraum. »Wenigstens haben wir die Typen 'ne Weile aus den Füßen.«

Ivanova seufzte: »Oh, das hätte ich fast vergessen. Während Sie Ihre Rede hielten, hat mich Sheridan informiert, daß ein alter Kumpel von Ihnen die Station verläßt. Er hat den Captain gebeten, Ihnen eine Nachricht zukommen zu lassen.«

»Und die wäre?« fragte Garibaldi.

»Er sagte, sein Name wäre Tom Smollens und sein Schiff in noch schlechterer Verfassung als vorher. Es hat wohl ziemlich viel bei den Aufständen abbekommen. Er will Sie auf einen Trip durch das Sprungtor mitnehmen.«

»So weit kommt's noch!« lachte Garibaldi. »Eher schließe ich mich in den Konferenzraum mit ein, ehe ich noch einmal in diesen Mülleimer steige. Ich sage ihm, daß ich zu Hause bin, und da bleibe ich auch.«

Commander Ivanova fiel in sein Lachen ein.

Sie verließen den Schauplatz, und Ivanova pfiff ein Liedchen, während der Lärm aus dem Konferenzraum langsam verebbte.

47

In den methangeschwängerten Räumen des Alien-Sektors ließ sich Kosh noch einmal die Ereignisse der letzten Zeit durch den Kopf gehen.

Als der Wurm durch ihn hindurchgegangen war, hatte er etwas empfunden, das er nie vergessen würde. Er fühlte es immer noch, als wäre keine Sekunde seitdem vergangen.

Der Wurm hatte ihn berührt, und er hatte seine Präsenz

gefühlt. In diesem kurzen Moment hatte er seine Gedanken treiben lassen, um Kontakt aufzunehmen.

Was bist du? hatte er gefragt.

Und ehe der Wurm sich wieder in seine fremdartige Dimension zurückzog, hatte er die Antwort vernommen, wie ein leises Flüstern in den entfernten Winkeln seines Geistes: *Wer bist du?*